Toalhas felpudas

José Maurício Freitas

KOTTER EDITORIAL

Coordenação Editorial: Sálvio Nienkötter
Editor-Executivo: João Lucas Dusi
Editor-adjunto: Claudecir de Oliveira Rocha
Capa: Miranda Camacho
Design editorial: Carlos Garcia Fernandes
Produção: Cristiane Nienkötter
Revisão e preparação de originais: O Autor

Dados Internacionais de Catalogação na Publicação (CIP)
Angelica Ilacqua CRB-8/7057

F936t

Freitas, José Maurício
Toalhas felpudas / José Maurício Freitas. – 1. ed. – Curitiba : Kotter editorial, 2024.
208 p. : il.

ISBN 978-65-5361-351-5

1. Ficção brasileira I. Título

CDD B869.3

24-4925

Kotter Editorial Ltda.
Rua das Cerejeiras, 194
CEP: 82700-510 - Curitiba - PR
Tel. + 55(41) 3585-5161
www.kotter.com.br | contato@kotter.com.br

Feito o depósito legal
1ª Edição
2024

Toalhas felpudas

José
Maurício
Freitas

Eu quero a força dos pés nus.

(Ana Carolina Leonardo de Freitas)

SUMÁRIO

1983

De novo, já não sabia se era sonho ou pesadelo. Desde que se entende por gente, vira e mexe a imagem reaparece. Passa meses, anos sem e, do nada, volta. Sempre a mesma: uma cadeirinha, num parque infantil, balançando vazia. Sempre vazia.

O antigo telefone Ericsson preto estrilou, e logo esqueceu o incômodo sonho.— Alô?

— Detetive Freitas Lobo?

— Sim.

— Antônio Roberto.

— Oi, bom dia. Como está?

— Assim, assim, vamos indo, né?! Bem, liguei para confirmar a reunião de hoje. Tudo certo?

— Sim, às 10h. Já estava de saída para o escritório. O senhor tem o endereço?

— Sim. Praça da Sé, 48, 3° andar, sala 31?

— Esse mesmo, perfeito. Então, até mais!

— Dotô Lobo, outra coisa: vou disfarçado. O senhor sabe como é...

— Sim, compreendo. Fique tranquilo: somos discretos.

— Isso é bom. Então, até!

— Até.

Correu para o banheiro, tomou uma ducha fria de despertar, pois a resistência queimada há uma semana não dava opção. Antes de sair, pragmático que era, ligou a torneira elétrica da pia da cozinha do modesto apartamento de um quarto e sala do Baronesa de Acari e deixou por segundos a xícara lascada debaixo enquanto pegava o Nescafé no armário. Juntou os dois e bebeu de um gole só, sem açúcar ou adoçante. Gosto horrível e bom para o que queria: acordar de vez.

Antes de entrar no velho Palazzo Pierucci, fitou as torres góticas e a cúpula esverdeada da Catedral da Sé e recordou como a mãe as achava tão bonitas. Entrou e cumprimentou com gesto discreto de mão o porteiro Severino, que dormia fundo e indiferente devido ao cansaço do outro emprego da madrugada, acompanhado pelos berros sensacionalistas do locutor Afanásio Jazadji saídos do rádio ao narrar o assassinato de "uma boneca em Hotel na Augusta. A vítima foi encontrada com lencinho rosa nas ventas!". Também indiferente à algazarra radiofônica, Lobo rumou sem receio, no automatismo da rotina, para o "balança, mas não cai", apelido do sexagenário elevador.

Mal descera deste e ingressara no corredor estreito e mal iluminado, sentiu o odor repelente. Pior é que já sabia do que se tratava. "Ao menos não é nenhum rato morto, esquecido de remoção. Mantém, então, o velho costume. É incorrigível! Terei que adverti-lo."

Abriu a porta devagar, ouvindo seu insuportável e costumeiro rangido estridente, e lá estava: deitado no chão, em cima do *Notícias Populares* com suas manchetes e reportagens sobre "bebê diabo, sogra ciumenta que matou genro, loira do banheiro em escola da zona leste", de pernas levantadas, a esquerda reta, direita dobrada em cima da mesa, meias furadas pelas quais saíam o notório aroma, com firmes mãos na raríssima Rolleiflex, dada por tia de Lobo, mirando para o par gasto do Vulcabras 757 que usava, pendurado no lustre da sala. De tão compenetrado, não percebeu quem entrava. Só quando a palavra gritada saltou:

— Porra, Gusmão! Que maluquice é essa?

A máquina fotográfica, dado o susto, alçou voo feito pardal em fuga, deu pirueta e caiu na ondulada barriga do criativo fotógrafo. Tentou levantar-se, mas os quilinhos a mais e o crônico problema no joelho não colaboraram. Ao ser amparado e reerguido pelo amigo, aproveitou a oscilação de seu corpanzil sobre Freitas Lobo e lhe deu contundente abraço, ao estilo de filme de mafioso no qual a barriga chega antes e os braços abertos se fecham apertando o cumprimentado, enquanto na troca de beijos nas faces se diz ao pé de orelha: "Então, Tony? Como vai, Frank?". Neste caso:

— Como vai, Lobo? Quanto tempo! Uns cinco anos que a gente não se vê, mais ou menos. Por aí, né? Bem, posso esclarecer, meu bom amigo — ajeitou os óculos de lentes esverdeadas, fundo de garrafa, como meio de ganhar tempo. — Assim de pé é mais fácil explicar; deitado, só cochicho mentiras. As mulheres que digam — riu.

— Tá bom. Fale, então, meu Dom Juan! O que significa um par de sapatos num lustre de cristal Baccarat? A única coisa que tem valor nesta espelunca. E ainda com esse chulé insuportável. Imagina se o Comendador Petrarca, dono do prédio, vê e cheira isso? Chama a "Cosa Nostra", como bom siciliano que é, e nos faz conhecer o rio Tietê. Por dentro.

— Veja bem, amigo, esta performance chama-se "Arte Casual". Os modernistas já faziam isso lá atrás, li dias desses no *Almanaque Abril* e fiquei matutando sobre o assunto. É o seguinte: você extrai do acaso e combina objetos do seu cotidiano, formando uma nova configuração artística e registra o inusitado pela fotografia. Você sabe, sou adepto do Jece Valadão: uma ideia na cabeça e uma câmera na mão.

— Mas quem disse isso foi o Glauber Rocha! E o chulé? Também é Grande Arte? Te conheço, você inventou isso agora.

— O amigo tem razão. Confundi esses dois gênios do cinema nacional. Cada um à sua maneira, claro. Bem, quanto ao chulé, aí não, né, meu?! É... Na verdade, estou inventando. É que estava sem o que fazer e você sabe que não aguento ficar sem fazer nada. Sou meio inquieto e não sou pontual. Feito todo brasileiro, aliás. Nunca cumpro horário marcado. Mas, no meu caso, é que sempre chego antes.

— E como sei, meu caro, das suas "inquietantes invencionices artísticas". Desde os tempos do Grupo Escolar, quando éramos ginasiais — com ar nostálgico, prosseguiu — você sempre foi travesso, sempre! Não esqueço de quando pintou o seu e meu cabelo de tinta verde e disse à professora Cotinha que éramos marcianos e que ela nos levasse logo ao líder dela. E de pronto ela nos levou: para a diretora Altamira! — deu uma risada saudosa. — Ficamos tendo aula com a severa e inconteste liderança por duas semanas na sala da própria, sem recreio, e sob a ameaça latente da palmatória estalar impiedosamente. Fora que, para tirar aquilo de nossos cabelos, nos encheram de removedor. Que coceira que deu, hein, lembra? Sempre foi arteiro, mesmo! Bem, mas agora serei franco: soube das suas dificuldades pelo Epaminondas, ao ir à farmácia dele aqui na Sé. Disse-me que você está com dificuldades; aluguel atrasado, devendo para agiotas, apostando feito doido em jogo do bicho, cavalos, loteria esportiva, vivendo de bicos como porteiro de boates, e — emocionou-se — não poderia deixar na mão um amigo que me salvou a vida — ao dizer isso, o silêncio se fez por segundos na sala para que os dois homens relembrassem, de tantos, o laço maior que os unia. Para fazer correr dali os sentimentos, Lobo seguiu: — E como no momento quero aumentar o número de clientes, alugar um escritório mais espaçoso, resolvi te propor uma parceria. Por isso te liguei e marquei esta conversa. Aceita ser meu... sócio?

— Eu? Mas claro que sim! Ainda que o Epaminondas exagere um pouquinho nas verdades, mas, de fato, estou fodido e mal pago mesmo! Te agradeço muito por essa oportunidade! Se precisar, lavo e perfumo até banheiro! A última vez que nos vimos, no Bexiga, estava bem melhor, mas anteontem até da Noturnus me mandaram embora.

— Sério? Por quê? Noturnus? Acho que você me levou nela, uma vez, no tempo da PF. É aquela boate da Sete de Abril onde o Epaminondas às vezes cantava?

— Sim, ela mesmo. Nós fomos lá dias depois que a... — hesitou em pronunciar o nome dela. — Bem, na ocasião, você ficou bêbado e desandou a chorar quando Nelson Gonçalves cantou "Molambo", sobretudo naquele trecho "depois do que ela me fez, eu jamais deveria perdoá-la outra vez". Você baixava a cabeça, socava a mesa e dizia: "Jamais vou perdoar, jamais mesmo". Nunca esqueci disso, tanto anos atrás. Lembra que o próprio Nelson, chamado pelo Epaminondas, veio depois à nossa mesa e, vendo seu estado desolador, te deu um tapinha nas costas? Homem romântico e experiente que é, sabedor dos mistérios do amor, disse "que um dia ela se arrependeria". Que simpatia, que carisma que esse homem tem. Foram dias difíceis, naquela época, para você, para mim, mas hoje em dia eu não era só porteiro da boate como também chefe da segurança do estabelecimento. Mas não sei se te falo o resto.

— Você tem razão: foi uma época difícil para nós, aqueles dias sombrios. Muita coisa ao mesmo tempo — contraiu o rosto em feição amarga enquanto jogava o paletó azul-marinho sobre o espaldar da velha cadeira em que sentava e folgava a gravata preta. — Ah, e passados quase vinte anos, ela não se arrependeu — completou irônico. — Mas prossiga, amigo, o que não quer me falar?

— Tem a ver com nosso passado...

— Fale, homem! Um detetive acaba sempre descobrindo a verdade, quando quer...

— Sei disso. O caso é que é uma história complicada.

— Deixe dos "entretantos", como diz Odorico Paraguaçu. Fala logo, Gusmão! — Meu, cheguei cedo na Noturnus, antes de abrir para os fregueses, como é meu hábito. O dono, Paulinho Campeão, o bicheiro-rei de São Paulo, me falou que naquela noite iam lá Wandick Floriano e Nilton Ted. Não iam cantar, só aparecer para prestigiar a casa e bebericar algo. Ordenou máxima atenção de minha parte para que corresse tudo bem, sem tumultos e incômodos. Fiquei até emocionado com a oportunidade de conhecer os dois astros da música romântica brasileira. E me comprometi com a orientação. Fiquei operante, observador, atento.

— E daí?

— Daí... Bem, Wandick e Ted gostaram da casa e ficaram bebendo animadamente feito dois adolescentes. Por volta da uma da manhã, os dois já bem altos pelos inúmeros uísques que tomaram um atrás do outro, começaram a discutir e se estranhar. Algo a ver com mulher. Ted cresceu para cima de Wandick e chegou a dar um tapa no chapéu dele. O voo do chapéu e os berros dos dois chamaram atenção das outras mesas e numa delas, cheias de playboyzinhos folgados dos Jardins, um fedelho deles, ao reconhecer os dois, começou a satirizá-los dizendo que "travavam a batalha dos cafonas". Isso me tirou do sério. Fui até ele para pedir respeito aos gigantes musicais e que parasse de dizer aquilo. Mas o capetinha dobrou os insultos. Não teve jeito: dei-lhe um cruzado de direita no queixo que o jogou desmaiado para cima da mesa, derrubando copos, garrafas e assustando as garotas que estavam com eles.

— E Wandick e Nilton?

— Ah! Foram logo embora abraçados, reconciliados, bêbados e felizes no Mercedes Benz amarelo de Ted, cantando "Tortura de amor". São velhos amigos. Ao menos isso. Paz entre os astros!

— Só? Há algo mais?

— Sim. Depois o moleque saiu revoltado e logo voltou com cinco PMs que tentaram me intimidar. Mas truquei e encarei. De qualquer modo, acabaram me levando para delegacia e fizeram um B.O por "desacato". Até aí, confusões em boate são normais. Estou acostumado. Mas a porra do moleque é sobrinho-neto do, do...

— De quem?

— Não sei se te falo... Bem, aí vem nosso passado. Alberto Beckler. Daquele merda, meu! Que hoje é general. Da reserva, mas general. E por isso fiquei na delegacia até a tarde de ontem. O delegado Campos Flores, que me disse sobre o telefonema, fez uma média com o velho, me deixando preso algumas horas. Até pensei que só ficaria nisso, mas o gorila ligou também para o Paulinho Campeão e perdi o emprego. Bicheiros não querem encrencas com generais.

— Está vivo ainda, então... — disse Freitas Lobo segurando o queixo com três dedos da mão direita.

— Vivíssimo. Os canalhas são eternos, Lobo.

Após ouvir "eternos", Freitas Lobo saiu repentinamente do transe passadista. Retomou a palavra.

— Se passaram quase vinte anos, ainda que me pareça que foi ontem, mas vamos esquecê-lo também e passar ao que interessa: daqui a pouco, entrará por aquela porta uma figura conhecida. O chame pelo nome: Antônio Roberto. Não esqueça. O resto deixa comigo.

— Esse nome não é estranho, mas perfeitamente, doutor Lobo!

— Sem essa de "doutor".

— Está bom, meu. Desde a época da PF você não gostava de ser chamado de doutor.

— Nunca gostei. Doutor é para quem fez doutorado em Universidade. Não é meu caso, você sabe.

— Mas fez Direito, e ainda no Largo São Francisco. Filho de Juiz, quer dizer, enteado.

— Já disse, amigo, abandonemos o passado. Fui advogado, delegado, hoje sou detetive. O homem é o que é. Não o que foi ou que será. Certo, parceiro?

— Ah, sim! É verdade. Já eu fui feirante, jogador de futebol, agente policial. Depois do que nos aconteceu, fui motorista de ônibus, caminhão, de madame, fiz até ponta em pornochanchada no clássico "Quando a coisa aumenta". Você não deve ter assistido. E, agora, de porteiro e segurança de boate mudei para candidato a dr. Watson do Sherlock Holmes da Sé. Estou até gordinho, mas nada entendo de medicina — gargalhou.

— Pois é, parceiro. A partir de agora você é detetive particular e não, não assisti ao filme. Você, de fato, como diz o Walter Abrahão da TV TUPI: "Tá gordo, senhores!". Precisa se cuidar, amigo.

— Pode deixar, vou começar a fazer cooper. Amanhã mesmo.

— OK, quero só ver! Mas, lembre-se, aqui é um escritório de investigação particular, ainda que oficialmente conste na plaquinha da porta como de advocacia, para não chamar atenção. Não é ateliê, nem estúdio, nem oficina cultural. Se entra alguém aqui e olha aquele lustre com sapato pendurado irá pensar que entrou num hospício. Sapato é para calçar. Não é aromatizador de ambientes. E, por fim, não há glamour nenhum no que fazemos. Por aquela porta não vai entrar nenhuma loira misteriosa de filme policial. Nenhuma Lauren Bacall ou Kim Novak. A clientela, em geral, é feita de maridos traídos ou paranoicos, sócios desconfiados, políticos intrigantes, mães matronas curiosas, donos querendo localizar cachorros, gatos, papagaios desaparecidos. Tive até pastores em disputas entre si. Gente que, em geral, requer sigilo, muito sigilo. Se veio até nós é porque quer saber algo, mas não quer que saibam disso. Lembre-se: discrição é nosso negócio.

1964

Após a rotineira caminhada matinal pelas ruas do bairro , ainda que mancando um pouco para manter, como ele próprio dizia, o seu "histórico de atleta", Alberto Beckler tomou um banho frio. No café, mastigou infinitas vezes a aveia com mel, as frescas frutas vermelhas, o pão integral com geleia de laranja e gengibre, enquanto sorvia também lentamente o cafezinho e lia com satisfação, sob embalo da música "Lohengrin" de Wagner vinda da vitrola da sala, os jornais do dia e as notícias sobre sua posse como novo superintendente da PF — Polícia Federal em São Paulo, depois de quinze anos comandando mesas no Exército ou exercendo comandos militares em remotos pontos do país, o que apenas uma vez lhe foi muito útil. Além dessa nova função, exerceria a presidência do IPM — Inquérito Policial Militar, instalado no órgão para apurar crimes de corrupção e subversão, após o triunfo do Golpe Militar, em 1º de abril de 1964, contra o presidente constitucional João Goulart.

Findo o café, tornou à ampla sala do casarão. Após colocar diversos papéis na maleta preta 007, contemplou-se narcisicamente no espelho. Orgulhou-se do terno bem passado, a engomada camisa preta impecável, a gravata acinzentada esticada, os sapatos lustrosos, roupas estas similares ao uniforme bem guardado no armário do quarto, dado pelo Doutor Alemão e que ainda "não posso usar". Nunca gostou das fardas verde-oliva que era obrigado a trajar como oficial do Exército, com suas medalhas e galonas douradas. Para ele, "coisa de país tropical e carnavalesco". Se sentia uma samambaia ao usá-las. Com cinquenta e três anos, baixo, cabelos castanhos grisalhos cortados a escovinha, de nariz borrado e os olhinhos verdes sumidos no rosto anguloso e branquelo, ficou a aguardar a chegada do motorista que o conduziria ao seu novo local de trabalho, enquanto deslizava os dedos pelo rosto bem barbeado. Pousou por acaso o olhar no retrato de moldura dourada, sobre a mesa da sala, do jovem e espartano cadete do Exército. "Meu irmão — reconheceu — sempre representou melhor a energia e tenacidade da nossa raça. Estaria feliz hoje, se vivo fosse. Hermann, você morreu bravamente lutando pelos nossos mais puros ideais. Em 1938, na Intentona Integralista, quase chegamos perto, mas não deu. Hoje, fique ciente: estamos dentro do poder. Ainda na periferia dele, mas já dentro, daremos o primeiro passo para a nova ordem nacional e a purificação total."O viril e atarracado ordenança Frans Cid veio chamá-lo. O Aero Willys verde-oliva, quatro portas, bancos de couro, já estacionara defronte da casa, uma mansão em rua erma, arborizada e tranquila do bairro do Sumaré, em São Paulo, obtida por inúmeras rachadinhas. O motorista, ao vê-lo sair, de imediato se apressou a abrir-lhe a porta do veículo e em seguida bater-lhe, todo rijo, continência, enquanto era fitado da cabeça aos pés pelo coronel que concluía, lacônico, para si: "Com tantos soldados, colocam um preto para me conduzir. Agora não dá mais tempo para trocá-lo".

— Soldado, bom dia. Como está? Bela manhã, não? Me conduza, por gentileza, para a sede da PF.

— Estou muito bem. Sim, que belo dia e é uma enorme honra conduzi-lo, senhor coronel.

— Obrigado, soldado. Mas estou com pressa.

— Pode deixar, senhor. Chegaremos rápido ao centro da cidade. Na PF, devo entrar direto na garagem ou devo me identificar primeiro na portaria, senhor?

— Pode entrar direto na garagem. Quem ousaria nos parar?

— Bem observado, senhor coronel. Botamos pra correr os comunas e corruptos com a Revolução. O senhor será o maioral lá, coronel. Quem vai ousar barrá-lo? Ninguém.

Silencioso na casca, o coronel ria no miolo. Achava cômico o comportamento servil que subordinados — "essa gente inferior", como denominava em seu íntimo — tinha em geral para com ele no afã de agradá-lo. Porém, quando incomodado, em geral não era de explosões emocionais, chiliques desenfreados, broncas homéricas em seus comandados, como muitos de seus colegas oficiais gostavam de protagonizar para demonstração de poder. Procurava quase sempre a serenidade, a discrição comportamental, a simpatia exterior. A estampa de paz camuflava o vulcão de ódio e guerra que lavrava dentro de si. Sua fúria era expressa em ações implacáveis, feitas à surdina, sem alaridos e foguetórios. Enquanto o carro ganhava as ruas do centro de São Paulo, o coronel relembrou mentalmente a ação prioritária à frente de seus novos cargos de superintendente da PF e presidente do IPM: anular o inquérito 13/1962 por meio da desmoralização do delegado e agentes que o conduziam. Isso era prioridade máxima e estratégica para proteção da "Ordem".

1961

A turnê do bailarino Nureyev, no início de 1961, foi um sucesso cultural e diplomático, de grande repercussão na imprensa escrita, falada e televisionada brasileira. Interessava aos governos soviético e ao do presidente Jânio Quadros uma gradativa aproximação comercial entre os países, e a vinda do famoso artista estava no bojo desse esforço.

Preocupado com a segurança do bailarino, em face de possíveis manifestações hostis perpetradas por minúsculos, porém atuantes, grupos da extrema direita brasileira, bem como uma eventual fuga e pedido de exílio do artista para outro país, o Itamaraty solicitou à PF a designação de agentes policiais de confiança, nas cidades onde se apresentaria, para fazer a segurança e monitoramento de Nureyev. Por sua vez, o governo soviético secretamente designara agentes da KGB, infiltrados na embaixada da URSS na Argentina, para acompanhar os passos do bailarino, sob o disfarce de jornalistas estrangeiros.

Em São Paulo, foram designados para a missão o delegado Edgar Freitas Lobo e os agentes Paulo Gusmão Ferroni e Epaminondas Sampaio Menezes. Os dois primeiros recém-entrados na PF, por concurso público realizado em 1960, e Epaminondas, mais velho de idade e de corporação, com 30 anos de carreira policial. Receberam o artista no aeroporto, vindo do Rio de Janeiro, e dali em diante eram responsáveis pela sua segurança vinte e quatro horas em São Paulo — sempre monitorada, ainda que à revelia dos funcionários brasileiros, pelos espiões soviéticos. Os policiais o acompanhavam nas entrevistas dadas à imprensa, nos ensaios feitos no Teatro Municipal, nos passeios que deu pelo centro da cidade, no Hotel das Nações no qual estava hospedado e nas escapadelas, fora da agenda, pela noite paulistana. O fim da estadia de sete dias em São Paulo culminaria com apresentação do balé "Quebra-nozes", com o corpo de baile do Municipal, encabeçado pela jovem, bela e magnética bailarina Maria Helena Fagundes de Gouveia, a primeira-dama da companhia.

Se para Epaminondas a missão de segurança do bailarino lhe era indiferente, uma vez que já se acostumara a acompanhar por tantas vezes políticos estrangeiros e celebridades artísticas, e suas habituais esquisitices e manias, como gatos, cachorros e até calopsitas acompanhantes, ou superstições sobre roupas prediletas, para Gusmão e Lobo os sentimentos sobre missão eram opostos. Lobo se sentia apequenado, pois, uma vez que era delegado, tinha tarefas mais nobres e importantes do que ser um mero segurança de dândi famoso. Entrara para a corporação por gostar, desde pequeno, de histórias policiais e seus mistérios. O que lhe atraía na profissão não era o lado de ação cinematográfica, com perseguições, lutas corporais ou tiroteios fumegantes. Até passara por pouco na prova de tiro. Tinha muita dificuldade em atirar. Temia a ideia de que aquilo poderia dar cabo de uma vida. Portava arma apenas por dever profissional. O que lhe seduzia era a investigação, a criação de hipóteses, de seguir pistas para confirmação delas ou sua refutação, de perseverar na identificação de crimes e seus autores. Gostava do lado "quebra-cabeças" da atividade policial, de trazer à luz do dia as sombras de um mistério. Mas, ainda que contrariado, procurou ser discreto e diligente na atividade de segurança do artista soviético, com o qual, por saber inglês e francês fluentemente, se comunicava e lhe servia de intérprete, quando necessário.

Já Gusmão era empolgação em pessoa. Ter contato com artistas, com a boemia e o glamour que os envolvia; entrar no histórico e requintado Teatro Municipal de São Paulo o envaidecia e fascinava. Se o velho amigo Lobo era sisudo, de feições fechadas e compenetrado na missão, Gusmão era todo risonho, bonachão e batia altos papos com Nureyev sem que nenhum entendesse bem o que o outro falava, pois Gusmão era monoglota e o russo não falava português, nem espanhol.

No último ensaio anterior à apresentação oficial, apenas Gusmão o acompanhou da plateia. Epaminondas, sob o pretexto de averiguar os arredores externos, preferiu ficar fora do Teatro, dando voltas em torno dele até localizar um boteco, tomar um pingado, comer um ovo cozido, fazer uma "fezinha" no jogo do bicho, apostando em jacaré, pois só assim o dia finalmente começava para ele. Lobo ficou numa antessala, junto com a imprensa, atento e observando o comportamento de jornalistas de diversos veículos de comunicação que aguardavam a vinda de Nureyev para uma entrevista após o ensaio.

Na conversa, Nureyev, todo simpático, disse que estava gostando muito do Brasil, de sua cultura, de sua comida, do povo acolhedor e generoso. Abraçado a Maria Helena e traduzido por ela, elogiou a "alta qualidade do corpo de baile municipal de São Paulo", tendo a certeza de que o público irá gostar muito da apresentação do "Quebra-Nozes" que fariam no dia seguinte.

— Viu? Que graça essa bailarina, hein? Uma Audrey Hepburn cabocla, trigueira. E como a original, muito simpática, meu caro Lobo!

— Não estamos aqui para isso. Sobriedade e concentração no trabalho, Gusmão.

— Sim, doutor, fica tranquilo. Estou vigilante, mas entre nós: é ou não uma gracinha?

— Sei lá se é ou não. Quando trabalho, sou assexuado. Achei, na verdade, essa baixinha meio petulante. Tomou a frente e não me deixou traduzir as falas do gringo. Não a afastei para não criar uma situação embaraçosa.

— Isso é vaidade de artista, meu caro. Essa gente é meio diferente. De outro mundo. Eles precisam aparecer. Estar na ribalta é a razão de vida deles.

— Sei, tá bom... Ah, sem essa de "doutor". Vamos trabalhar, o "homem" está vindo. Acabou a entrevista.

1983

A japona azul-marinho de nylon estufada, o boné de brim preto da Gledson, uns óculos escuros quadrados, estilo Chico Xavier, uma calça boca-de-sino bege deixando à vista a ponta do sapato bico fino, de couro de jacaré, e como arremete um bigode postiço compunham o disfarce pelo qual contava não ser reconhecido por populares, sobretudo pelos fanáticos torcedores de seu time.

Gusmão tomou um susto com a figura que adentrava e avultava na sala do acanhado escritório de investigações do amigo Lobo. Sabedor de quem era, o detetive levantou e se fez solicito anfitrião:

— Antônio Roberto. Aqui, sente-se, por favor. Este é meu sócio, Gusmão, de total confiança. Fique à vontade.

— Obrigado, dotô Lobo. Estamos mesmos seguros?

— Sim, claro. Gusmão, fecha a porta da entrada e a tranque.

— Melhor assim, melhor assim — agradeceu Antônio Roberto.

Mais tranquilo, tirou a japona, o boné, os óculos escuros e o bigode postiço. De volta à sala de Lobo, Gusmão passou a fitar com atenção aquele corpulento, alto, musculoso homem negro, de cabelo black power e sorriso de marfim. Não se conteve:

— Porra, meu, é o Betão Canelada!

Antônio Roberto voltou-se com olhos de fúria para Gusmão: detestava esse apelido dado a ele pelos torcedores dos times adversários do seu Corinthians e jornalistas provocadores, mas, ao fitá-lo também com mais atenção, o reconheceu como alguém de sua longínqua infância, o que lhe abrandou a ira.

— E você, não é o Ferroni que jogou no Juventus em fins dos anos cinquenta?

— Sou eu mesmo — disse um todo satisfeito Gusmão por ter tido o ídolo do Corinthians reconhecido seu passado como jogador.

Lobo interveio na conversa a fim de apaziguar ainda mais a situação com o tento de não perder um cliente possivelmente insultado.

— O Gusmão sempre elogia você, Antônio Roberto. Diz que é o melhor zagueiro-central de nosso futebol. Não é, Gusmão?

Gusmão titubeou um pouco, mas o olhar inquisidor e fulminante que Lobo lançou o fez perceber de pronto o que tinha que falar sobre as supostas qualidades técnicas de Betão.

— Ah, sim... o Betão... digo, o Antônio Roberto é um marcador implacável. Para anular o Serginho Chulapa, o Beijoca, o Dadá Maravilha, o Dinamite, só ele mesmo. Melhor que o Luís Pereira!— Que é isso, Ferroni?! Só faço meu trabalho — respondeu Antônio Roberto, lisonjeado com a comparação feita. — Bom mesmo era você, que sabia sair jogando, tocando a bola, sem chutão de qualquer jeito. Até contra o rei. Ele não se apavorava não, viu, dotô Lobo?! O senhor chegou a ver essa fera jogar?

— Alguns jogos. Ele era bom mesmo.

— Eu era garoto, recém-chegado em São Paulo, e consegui ser aceito na divisão infantil do Juventus. Ficava vendo o treino dos profissionais e atuava como gandula nos jogos na Rua Javari. Aí vi alguns jogos dele. Ficava encantado. Você, Ferroni, era meu ídolo naquela época — disse emocionado. — Até autógrafo te pedi, num jogo. Você não deve lembrar. Já se vão uns vinte e cinco anos... Mas, Ferroni, sua carreira foi curta? Nos anos sessenta já não lembro de você mais atuando.

— Sim, foi...

— Mas por que, se você era tão bom? Muito melhor que eu.

— Não seja modesto, meu caro. Bom é quem seguiu adiante como você, teve uma carreira, joga num grande clube. É que num dos treinos tinha não uma pedra no caminho, como diria o poeta Drummond, mas sim um buraco do campo no qual pisei em falso e tive ruptura dos ligamentos do joelho. Isso foi em 20 de março de 1959 e minha carreira futebolística profissional de três anos acabou aí. Tenho dificuldade até hoje para dobrar o joelho. Naquela época, não havia os tratamentos de hoje, com exames, cirurgia, fisioterapia sofisticada. Dei azar, faz parte — finalizou Gusmão com um gostinho amargo na alma ao lembrar da vida que poderia ter tido.

— Mas, Antônio Roberto — retomou Lobo —, o que lhe traz aqui? O que quer que investiguemos?

— Assunto delicado, dotô — disse Betão agora todo tímido e cabisbaixo.

— Entendo... Se quiser vir outro dia, tudo bem. Se ainda não se sente à vontade para falar, não tem problema.

— Não, não. Vou falar hoje mesmo. É que...

A dupla de detetives ficou esperando a fala de Betão. Agora nervoso, suando e esfregando as calejadas mãos, ainda hesitava.

— É minha esposa... Tô com uma suspeita, dotô.

— Suspeita, Antônio Roberto? De quê? — instou Freitas Lobo.

— Acho que está me traindo — disse Betão fitando a parede com olhos de vidro.

Gusmão, apiedado de seu colega de chuteiras, tentou amenizar.— Isso pode ser só suspeita, meu. Pode não ser verdade, Betão Can... digo, Antônio Roberto.

— Mas isso não é o pior, Ferroni.

— O que seria pior? — perguntou Lobo.

— Pior, pior, pior é que suspeito que o amante é conhecido meu e grande amigo — respondeu mais acabrunhado ainda.

— Delicado assunto — ponderou Gusmão coçando a calva avançada.

— O que te leva a essas suspeitas?

— Dotô Lobo, às vezes ligo para ela, seja do clube ou da concentração, quando o jogo é fora, e ela não está. E já coincidiu que esse amigo também não tinha sido relacionado para o jogo ou não estava no treino.

— Sei — respondeu Lobo circunspecto.

— E o tal amigo, pode falar? — perguntou Gusmão.

— Posso, sim. É o Ar... Ar... Ar — dizia ofegando.

— Tá sem ar, Antônio Roberto? Quer que abra a janela?

— Não, não, Ferroni. É que é o Ar... Ar... Arlindinho!

— Arlindinho?! — perguntou Lobo a Gusmão como se nunca tivesse ouvido esse nome.

— Lateral-direito reserva do Corinthians, Arlindinho Valente.

— É esse mesmo, Ferroni.

— E as suspeitas sobre esse Armandinho, além das ausências coincidentes, digo Arlindinho, de onde vêm?

— O Arlindinho, nas concentrações, não dorme mais comigo — os detetives trocaram olhares. — Quer dizer — prosseguiu Betão —, no mesmo quarto. Agora, meu companheiro de quarto é o Ataliba, que, além de roncar a noite inteira, não entendo nada do que diz.

Para situar Lobo no contexto da fala de Betão, Gusmão disse baixinho, e segurando o riso, ao sócio detetive: "É que o Ataliba é gago".

— Nos treinos, Arlindinho sai jogando sem passar a bola pra mim. Ferroni, você que foi jogador, me diga, quando o lateral é pressionado na saída de bola, o que deve fazer?

— Recua para o goleiro, dá um chutão pra frente ou passa pro zagueiro se este estiver solto, sem marcação.

— Pois é, mesmo eu sem marcação, ele só dá chutão para a frente, não me passa mais a bola. Passa até pra gandula, mas nunca pra mim! O professor até já parou treino e deu uma bronca nele, mas o Arlindinho continua repetindo a mesma coisa. Não era assim, a gente tinha um baita entrosamento, dentro e fora do campo. A gente era unha e carne. O Arlindinho foi até meu padrinho de casamento. Então, dotô, são essas coisas que me levantaram essas suspeitas. E preciso tirar a limpo isso. Só quero a verdade.

— E sua esposa, como lhe trata?

— Isso que é intrigante, dotô: me trata cada vez melhor, quando estamos juntos! Ivete fica cada vez mais atenciosa, carinhosa e outras coisas mais... Mas muda de assunto quando lhe pergunto por que não atende meus telefonemas.

— Compreendo, Antônio Roberto, compreendo. Bem, vamos bolar um roteiro de investigação sobre seu caso. Nos dê algumas informações. Seu endereço, telefone, rotinas diárias e o que mais achar importante para a solução do caso. O que souber do Arlindinho também é relevante.

Prestadas as informações, Betão, refeito emocionalmente e já com seu disfarce vestido, ia sair quando Freitas Lobo lhe perguntou.— Antônio Roberto, você é de onde mesmo?

— Bahia, Cabrália, região dos Pataxós. Conhece, meu rei?

— Um pouco, um pouco — responderam simultaneamente os dois detetives, cambiando olhares cumplices.

Para a surpresa destes, Betão os informou que viera para São Paulo não pelo futebol, que ocorrera meio por acaso em sua vida, e sim para fugir de uma provável retaliação devido ao que flagrara quando menino: a extração e contrabando ilegal de ouro na reserva dos Pataxós, feita por um bando de homens de uniformes caqui e tarja vermelha no braço. Contou aos pais o que vira, os quais, ao saberem que um garoto tempos depois aparecera boiando morto em rio das cercanias, intuíram que o filho perigava e logo o despacharam para casa de parentes em São Paulo.

1961

Entraram primeiro que os convidados, fizeram uma varredura em todo ambiente e conversaram com o maître, garçons e demais funcionários. Terminada a checagem, o policial Gusmão foi à porta de entrada, enquanto o agente mais velho Epaminondas já saboreava por conta própria uns petiscos sob olhar reprovativo do maître e acenou para rua com sinal de OK para o amigo e delegado Freitas Lobo. Este, por sua vez, acenou positivo para os demais carros e toda comitiva de doze pessoas. Exceto ele, o pessoal adentrou o restaurante Nápoles Eterna, cantina italiana tradicional do bairro do Bexiga.

A ideia de comer uma pizza, para a contrariedade de Lobo e entusiasmo de Gusmão, foi da bailarina Maria Helena, com a justificativa de comemorar a apresentação de gala do balé "Quebra-Nozes", feita há pouco no Municipal e servir de homenagem ao convidado especial, que no dia seguinte regressaria para sua Mãe Rússia: o astro Nureyev.

Chamado por Gusmão para se juntar ao grupo, Freitas Lobo, apesar da insistência do amigo, disse que era melhor ficar ali no carro vigiando a rua e ordenou que Epaminondas também subisse com Gusmão.

Ainda que fosse um grupo de artistas, geralmente dados a falatório ininterrupto, a sisudez do silêncio e timidez prevaleceram entre a dúzia de convidados enquanto os garçons punham os pratos, talheres, copos e entradas sobre as toalhas enxadrezadas vermelhas e brancas. Assim que as primeiras bebidas alcoólicas começaram a ser servidas, o grupo começou a se descontrair e a confusão de vozes se fez presente. Maria Helena, sentada ao lado direito de Nureyev, com ele conversava enquanto bebericava cada vez mais sua Marguerita, dando pouca atenção para os pedaços de pizza em seu prato. Dizia-lhe sobre o desejo de entrar no Balé Bolshoi e como isso seria a "glória suprema". Nureyev prometeu-lhe que a indicaria para testes, se quisesse, e que assim que chegasse na Rússia tentaria essa chance para a amiga brasileira.

Cada vez mais efusiva, devido à bebida e à promessa de Nureyev, Maria Helena não economizava nas gargalhadas, beijos e abraços nos demais membros da mesa, os quais sem mais a timidez dos inícios correspondiam no mesmo tom e gestos. Reconhecendo Gusmão, sentado em uma mesa ao lado, Maria Helena fez questão que ele e seu parceiro Epaminondas sentassem-se na mesma mesa dela e, como festiva anfitriã, apresentou a todos os amigos brasileiros os dois policiais. Gusmão sentou-se ao lado de Nureyev e tentou conversar com ele por gestos e mímicas, sem tirar os olhos enamorados de Valquíria Bentes, segunda bailarina da companhia municipal — loira, alta e graciosa. Já Epaminondas se concentrava mais em comer o que estivesse na sua frente, fosse pizza, pão ou porções de salame e azeitonas, e dar goles generosos em sua Coca-Cola.

Empanturrado, Epaminondas cochichou ao pé do ouvido de Gusmão que iria sair e substituir Freitas Lobo na vigília da rua. Na verdade, estava mais interessado em arrotar à vontade, sem constrangimentos. Desceu e bateu com as costas da mão no para-brisas do carro em que estava Lobo, o qual, acordando assustado do cochilo em que afundara, insinuou sacar seu revólver.

— Que é isso, doutor? — disse rindo Epaminondas.

— Que susto! — respondeu atordoado Lobo abrindo a janela do carro.

— O doutor cochilou.

— Bem, não faz quinze minutos. E como as coisas estão lá em cima?

— Tudo tranquilo. Quer dizer, o pessoal está meio alegre. Ligaram até uma vitrola e alguns estão dançando. De danças eles entendem, né?! Doutor, sobe lá e come alguma coisa.

— Não preciso.

— Precisa sim, doutor, será melhor para o senhor — disse Epaminondas abrindo a porta do carro e puxando Freitas Lobo para fora, pois já não só queria arrotar como também soltar flatulências contundentes, sem testemunho.

Na rua, acordado de vez pela forte chuva que se iniciava, Freitas Lobo tentou abrir a porta do carro, mas, como seu parceiro a travara, não teve opção além de subir a escada e adentrar na cantina. Ao pisar na entrada, viu ao fundo a extensa mesa do grupo de bailarinos e foi em direção a ela. Deparou-se com Nureyev conversando com um jovem corado e se certificou de que estava tudo bem com o russo, obtendo resposta positiva. Observou mais à frente, para seu aborrecimento, Gusmão dançando todo desajeitado com Valquíria Bentes. Ia tirá-lo de lado para dar-lhe as devidas reprimendas hierárquicas, mas foi chamado por Maria Helena, que agora bebericava um Martini. Ao voltar-se para ela, ouviu o início da música "Only you", dos "The Platters", que começou a tocar na vitrola da Cantina. Sob a melodiosa canção, ficou a olhar fixamente por instantes para Maria Helena, que lhe devolvia o olhar com sorrisinhos e discretos afagos em seus sedosos cabelos pretos.

— Detetive, sente-se aqui conosco.

— Não sou detetive. Sou delegado.

— Ah, sim. Mas sente-se.

— Estou a serviço, não em diversão, senhorita.

Maria Helena riu do formalismo do policial e com arzinho diabólico, feito de covinhas rosas nas maçãs do rosto, começou a gesticular com o dedo indicador, dobrando-o e indicando a Freitas Lobo que viesse à mesa. Ele, constrangido, ficou sem ação e movimento, até Gusmão dar-lhe um contundente tapa nas costas.

— Que bom que você subiu, hein, meu amigo? Vamos sentar. O camarada Nureyev está tranquilo e seguro e olha lá a "Audrey Hepburn" te chamando — disse, ao pé do ouvido de Lobo, um cada vez mais alegre Gusmão.

Freitas Lobo tinha vontade de dar uns sopapos no amigo, porém manteve o controle dos nervos e sentou-se diante da primeira bailarina, com cara cerrada, para disfarçar o que há pouco sentiu ao vê-la.

— Relaxe, delegado — disse Maria Helena. — O que bebe?

— Nada, claro. Já lhe disse que estou a serviço.

Cada vez mais descontraída, intercalando fala e goles no Martini, Maria Helena ria e insistia para que Freitas Lobo bebesse algo, sendo apoiada nisso por Nureyev e Gusmão.

— Bancando o tira durão, né?! Adoro isso, todo "durão" — gargalhava a bailarina. — Mas me diga, delegado, o senhor porta arma?

— Claro que sim, senhorita — respondeu secamente Freitas Lobo.

— Ah... Como eu gostaria tanto de vê-lo apresentar armas...

Freitas Lobo começara a responder que isso não era possível, pois havia um protocolo oficial da PF que proibia terminantemente a demonstração de armas a paisanos, mas ouviu como resposta, além da risada de Maria Helena, as retumbantes gargalhadas de Gusmão diante da ingenuidade do parceiro delegado, que demorara para captar a insinuação da fala. Ao percebê-la afinal, Lobo passou a piscar mais que vagalume em noite de breu e logo retornou abruptamente para o refúgio do carro. Desta vez, foi ele quem tirou um sonolento Epaminondas à força do Chevrolet preto Biscayne 1958 e mandou que subisse e vigiasse, além de Nureyev, o Gusmão e não o deixasse mais beber.

Com amassada cara de ressaca, segurando o paletó amarrotado nas costas e assobiando como se nada tivesse ocorrido de anormal na noite anterior, o policial federal Gusmão entrou na sala de seu chefe e amigo de infância, o delegado Freitas Lobo. Este ficou em silêncio o fitando, enquanto o subordinado permanecia assobiando de pé defronte da mesa de Lobo e ajeitando os objetos em cima dela.

— Não vai falar nada sobre ontem?

— Não lembro bem do que aconteceu, mas já de antemão lhe peço desculpas.

— "Não lembro", ou não quer lembrar, Gusmão?

— Veja bem...

— Veja bem nada. Você se embriagou, em serviço, descuidando da sua missão, violando o código de ética da PF que juramos seguir ao assumirmos nossos cargos, após passarmos em concorridos concursos públicos. Estamos ainda em estágio probatório, rapaz! Eu, por estar no comando da operação, posso ser punido, e por seu descuido! Sorte sua que o Epaminondas é boa pessoa e não vai reportar formalmente a ocorrência. Mas que isto seja e primeira e última vez, pelo amor de Deus, Gusmão! Tome tenência, homem! Lhe falo isto como chefe e amigo.

— Você está certo, errei feio. Isso jamais ocorrerá novamente. Prometo. É que fiquei empolgado com a alegria dos bailarinos e a beleza das bailarinas, o clima de descontração que a boêmia provoca...

— Empolgado? Você ficou alegríssimo. Subiu na mesa e começou a imitar o Elvis Presley, rebolando feito louco, não lembra?

— Não — disse Gusmão com o lustre de peroba reluzindo no rosto. Acrescentou: — Meu joelho não permitiria.

— Você estava anestesiado pelo porre que nem sentiu seu joelho. E de ter jogado pratos pro ar, perguntando se o restaurante era grego, só porque não tocavam a "Tarantela"?

Cada vez mais constrangido, Gusmão só olhava para a porta, com fogos de fuga.

— E, por último, você estava armado. Sorte que o Epaminondas lhe desarmou a tempo, antes que um disparo acidental pudesse ocorrer. Ah, e por falar em armas, não gostei das suas risadas quando aquela baixinha intrometida insinuou aquela leviandade.

— Ah, Lobo, mas aquilo foi engraçado. Acho que ela se encantou com você, hein?— Engraçado, "se encantou"? Não quero nem mais pensar no assunto e naquela, naquela... despudorada.

— Ela é até bem graciosa. Não tanto como a Valquíria Bentes, claro, da qual, ainda lúcido, consegui o telefone. Que musa, caro Lobo, que musa a Valquíria! E que lábios macios...

— Ô, Gusmão, vamos deixar de conversa. Vamos trabalhar. Leia esse relatório.

Depois de alguns minutos de leitura, Gusmão com cara preocupada disse:

— Assunto sério e perigoso. Contrabando de gemas, ouro, e ainda em reserva indígena.

— Sim, sim. Vamos para a Bahia investigar isso. Será a Operação Pataxós. Recebi telefonema diretamente do diretor-geral. Ele ouviu falar bem de nossa equipe e quer gente nova nessa investigação, sem vícios, entende? Além do Epaminondas, vou colocar o Varela na equipe também. O que acha, Gusmão?

— O Varela é meio esquerdista radical, mas é um bom agente. Ficou chateado por você não o ter incluído na segurança do Nureyev. Conhece muito a história da URSS, até a cor das cuecas que o Lenin usava e as marcas de charuto que Stalin fumava.

— Não coloquei até para preservá-lo, para que não fizessem associações indevidas. E silêncio sobre isso, Gusmão. Mas, antes, no próximo fim de semana eu e você iremos ao Rio de Janeiro para outro trabalho de seguranças.

— Rio! Oba. Mas fazer o quê?

— Vamos cobrir a folga de dois policiais que fazem a segurança do ex-presidente JK.

— Juscelino. Uau! Meu candidato em 1965.

— Sigilo sobre isso também! Agora, para relaxar, vamos tomar um cafezinho.

Adentraram o corredor de acesso à copa, margeando várias salas envidraçadas do andar, abandonando a suspensão do barulho de maritacas em alvoroço que datilógrafas faziam com suas máquinas de escrever, seguido de risos dos esfomeados por fofocas e pedidos galhofeiros de autógrafos ao símile de Elvis, pois a noitada de Gusmão já corria de boca em boca. Entraram na sala do café e logo deram de cara com Epaminondas relatando ao colega Varela, depois que este lhe dissera que estava com dor de cabeça, a sua própria crise crônica de gases, pois não admitia que ninguém tivesse incômodo maior que o seu. O relato virara uma monomania despertada no experiente agente ao ser defrontado pelas conversas sobre comorbidades alheias.

— Ô bonitão, está me devendo cinquenta cruzeiros — disse logo de cara Epaminondas.

— Mas por quê?

— Eu paguei os pratos quebrados da cantina. O dono queria te pegar. Não lembra que você se enfiou debaixo da mesa?

— Lembro nada, não.

— Tá aqui, Epaminondas, os cinquenta cruzeiros seus — disse Freitas Lobo após abrir a carteira e esticar cinco notas de dez

— Doutor, não é o senhor.

— Aceite. Depois me acerto com Gusmão. E Varela, passe na minha sala mais tarde.

Depois do deguste do cafezinho, da milésima audição sobre as crises de gases de Epaminondas, Lobo e Gusmão se separaram. O delegado entrou às pressas em sua sala em razão do seu ramal telefônico estar tocando estridentemente. Era a telefonista perguntando se podia passar a ligação de uma senhorita de nome Maria Helena. Ao ouvir isso, deu um salto na cadeira pela iniciativa surpreendente da bailaria. Atônito, respondeu que não e pediu que a informasse "que estava em reunião".

O Astro Rei estava a espera para adentrar. Só aguardava, como bom cavalheiro, o descanso da noite. Assim que isso ocorreu, não teve pejo para soberano invadir o vasto quarto de Maria Helena, acordando-a sem piedade. Reagindo ao onipotente intruso, a vítima puxou os acetinados lençóis espanhóis para cobrir a cabeça e involuntariamente chutou o segundo travesseiro que lhe servia de anteparo as pernas, o qual caiu pleno e cheio em cima do comumente tranquilo gato Sputnik. Com razão, o animal manifestou de pronto sua contrariedade e irritação com a agressão inesperada: soltou retumbante grunhido, apresentou garras.

A fusão de som e luz foi fatal e a ressaca lhe deu bom dia. Levantou-se, tropeçou em um Sputnik cada vez mais indignado com a sucessão de importunos que lhe roubavam o sono e paz e foi célere ao banheiro para extrair de si o mal que lhe enjoava. "Deve ter sido aquela Marguerita, ou foi o Martini Bianco? Ou não comer e só beber? Meu Deus, o que fiz? Não sei que dia é hoje. Se haverá ensaio... Só sei que abusei, mas não o que ocorreu ontem. O que faço agora? Já sei! ligar para Valquíria Bentes."

— Alô, Vaqui?

— Bom dia, gata borralheira.

— Vaqui, nem me diga... O que aconteceu ontem?

— Só foram beijos com o policial, o tal Gusmão. Se atira bem como beija, coitados dos ladrões.

— Eu perguntei sobre o que eu fiz... Beijei alguém?

— Você? Não, você não. Só bebeu um pouquinho a mais, como quase todos. Do que lembro, só Nureyev bebeu e continuava lúcido. Acho para quem é da terra da vodca, caipirinha, marguerita e nossas bebidas são chás calmantes.

— Tá, mas eu fiz algo?

— Não, nada grave, querida. Fique tranquila, só...

— Só o quê, Vaqui? — devolveu apreensiva.

— O policial chefe, o delegado arrumadinho, você...

— Eu o quê, mulher?

— Disse que gostaria de ver a arma dele? — tapou o bocal telefônico para gargalhar.

— Arma? Mas não gosto de armas.

— Querida, foi... Digamos assim, num sentido metafórico.

O silêncio de Maria Helena foi a pausa para que a memória buscasse nas gavetas a cena que Vaqui relatava. Agora lembrava do que dissera ao policial; este tentando explicar a proibição da PF em mostrar o armamento a paisanos, de todos rirem à mesa e da saída dele rápida e envergonhada da cantina.

— Meu Deus, que vexame! Vai pensar que sou uma leviana. Coitado, eu não tinha esse direito de fazer isso com ele. Preciso me retratar, mas nem sei o nome.

— O chamam pelo sobrenome: Lobo. Ao menos foi o que Gusmão disse. Eu tenho telefone dele. Como os dois trabalham juntos...

— Você vai rever esse Gusmão?

— Claro, querida! Um pão daquele, todo atlético e garboso, imitador do Elvis, não vou deixar passar em branco, não. Sou filha de Deus também. Ele até é meio contador de causos; me disse que foi jogador de futebol, não sei. Mas vou rever, sim. Quero ver no que vai dar.

— Vaqui, é você que sabe, amiga, sobre sua vida, mas me passe o número do telefone. Preciso limpar minha imagem.

— Interessada no delegado, amiga?

— Claro que não, nem lembro o rosto. É questão de minha honra e de justiça com ele. Tinha gente da imprensa? Isso pode vazar para o público, meu Deus!

— Tranquila, amiga, já chequei os jornais. O único repórter presente foi devidamente convencido pelo policial mais velho, um senhor que papava todas as pizzas, porções e cocas-colas como se não houvesse amanhã, que era melhor não mencionar nada de desabonador para nós. Saiu só uma notinha discreta na Tribuna de São Paulo sobre a festa de despedida de Nureyev.

— Ao menos isso. E o telefone?

— Você é insistente, hein?! — riu. — Mas quero uma coisa em troca.

— O quê, Vaqui? Por favor, me dê o número

— Vai me conceder o favor ou não?

— Mas que favor?

— Quero que você me deixe desempenhar o seu papel na apresentação que faremos no Rio de Janeiro.

De tão ávida pelo número, Maria Helena não titubeou:

— Está bom, trato feito. Vou convencer o diretor do Balé, mas vai, Vaqui, me dá o número. Quero muito me desculpar com o delegado.

— Sei, sei, se desculpar. Bom, está aqui: 3333-3333.

Finda a conversa com a amiga, não perdeu tempo. Ligou, mas obteve resposta negativa.— Como lhe já informei, senhorita Maria Helena, o delegado Lobo está em reunião com autoridade superior e não pode atendê-la — disse-lhe a telefonista central da PF com a voz alteada dos impacientes.

— Mas... — tentou insistir uma vez mais, ouvindo como resposta o desalentador barulho de ocupado da linha telefônica.

"Desculpa esfarrapada, reunião com autoridade superior. Não quer me ver, nem me ouvir, é isso. Mas não há problema. Vai me ler, ao menos. Faço uma retratação e pronto, a vida e minha consciência seguem tranquilas."Desceu para a ampla sala do afrancesado Palacete dos Fagundes de Gouveia, situado na Avenida Paulista. O pai, Bernardino, alisava o vasto bigode grisalho, de aristocrata de família afortunada pelo café, enquanto lia atento o noticiário econômico, por dever de seu ofício de professor e diplomata, especializado em economia, refestelado na poltrona de couro.

— Bom dia, papai!

— Bom dia, minha filha. Não vai tomar café?

— Sim, só um minutinho.

Instantes depois, voltou da cozinha com uma trouxa de gelo sobre a cabeça.

— Mas o que é isso, Maria Helena?

— Nada demais, só uma leve dor de cabeça.

— Leve? Não parece. Você bebeu ontem, na cantina?

— Só um pouquinho, papai.

— Pouquinho? Não faça isso. Você é uma artista, uma bailarina ascendente. Precisa sempre de corpo e mente são, não esqueça. Tome cuidado. Veja o exemplo de sua mãe...

— O que tem a ver comigo, Paulo Bernardino? — disse a mãe, Mara Raquel Fagundes de Gouveia, que dos jardins do Palacete ouviu a menção e adentrou de pronto, e furiosa, na sala.

— Não comecem vocês dois mais uma vez — disse contrariada Maria Helena.

Sem mais nada falar, deixou os pais discutindo na sala de jantar, pela milésima vez na semana, os defeitos recíprocos. Voltou ao quarto com uma xícara de café, mastigando uma torrada com geleia de morango e equilibrando o gelo na cabeça. Abriu a segunda gaveta da escrivaninha, puxou uma folha de papel e, com a caneta bico de pena, redigiu a carta endereçada a Lobo."Prezado Doutor Lobo, por estas mal traçadas linhas, uma vez que não consegui ser por vossa pessoa atendida ao telefone, venho lhe pedir humilde e encarecidamente desculpas pelo ocorrido ontem na cantina 'Nápoles Eterna". Empolgada com apresentação do virtuoso Nureyev, e com o clima de descontração festiva que ganhou corpo durante a comemoração, atravessei a linha do bom senso e decoro e enveredei pela liberalidade típica dos que abusam irrefletidamente do álcool. De forma vulgar, fiz o senhor passar um constrangimento injustificável. Por essa razão, reitero mais uma vez...", pensou em introduzir no fim da carta um convite para um café, sob pretexto de ouvir a opinião do delegado sobre sua atuação como bailarina, mas ficou receosa de não ser respondida. Finalizou a carta repetindo o pedido inicial de desculpas e, sutilmente, debaixo do nome assinado, em letras miúdas e tímidas, arriscou: anotou seu número de telefone.

Uma semana depois, durante voo de ponte-aérea São Paulo-Rio de Janeiro, da Panair, Lobo enrolava e desenrolava entre os dedos o bilhete enviado por Maria Helena, pelo qual ela se retratava de seu juvenil comportamento no jantar. Se por um lado ainda sentia nas entranhas o vexame pelo qual foi exposto, por outro achou muito gentil e nobre o gesto da bailarina e, sobretudo, ousado ter colocado o número de telefone debaixo da assinatura. Depois de especular olhando a dança de nuvens pela janela, concluiu que era uma mulher ousada e à frente de seu tempo. Invertia a tradição do cortejo amoroso.

"Cabe ao homem sempre a iniciativa, e essa moça quer alterar a coisa toda. Mas será isso mesmo? Posso estar me precipitando. Ela não tomou iniciativa alguma. Só deixou o número de telefone. Talvez só queira pedir-me desculpas de viva voz. Só isso. Ah, sei lá... Melhor me concentrar no trabalho."Na poltrona ao lado, entre goles de Red Label, Gusmão devorava a revista Cruzeiro, sem deixar de comentar em voz alta o que lia afoitamente. Para ele, não havia notícia pela qual ficasse indiferente. Sentia a língua comichar e, para saciar tal ímpeto, desatava a opinar sobre tudo: corrida armamentista entre americanos e russos; a escalação do Santos para a próxima partida; os modos histriônicos do presidente Jânio Quadros ou as brigas homéricas entre Richard Burton e Elisabeth Taylor. Ao ler uma reportagem sobre as dificuldades de adaptação de Garrincha no Corinthians, vindo do Botafogo, soltou em prosa relevada: "Esse Garrincha não joga nada perto de Almir Pernambucano, do Vasco", o que foi suficiente para desencadear uma pequena confusão no até então sereno e pacífico voo, com aplausos de vascaínos e vaias sonoras e indignadas de botafoguenses.

— Pô, Gusmão, cala essa matraca!

— Eu só comento o que leio.

— Ainda bem que só o que lê. Leia, tudo bem, mas guarde a opinião para si. Olha o desespero das aeromoças para conterem esses botafoguenses exaltados.

— Só porque falei a verdade?

— A sua verdade, OK?

— Tá bom. E você, está há meia hora lendo e relendo um mero bilhete. Do que se trata?

— Nada, nada. Foi a bailarina que me enviou. Aquela Maria Helena...

— Ah, tá. Posso ler?

— Não! Tá doido? Para comentar em voz alta?

— Só comento notícia. Vida privada não me interessa, mas o que ela escreveu?

— Nada demais, Gusmão. Só me pediu desculpas por aquela noite na cantina.

— Só?

— Deixou o número de telefone, abaixo da assinatura — disse Lobo analisando com os olhos a reação do amigo.

Gusmão sentenciou:

— Está interessada em você.

— Que bobagem, amigo. Deve estar querendo pedir desculpas pessoalmente. Só isso.

— Você não conhece as mulheres mesmo — disse Gusmão rindo e voltando para a leitura do Cruzeiro, desta vez devorando indignado uma reportagem sobre a vinda de nazistas do Terceiro Reich para a América do Sul, com suas redes secretas de fugas e colaboradores locais. Quando ia comentar o assunto com paixão, dizendo que nazista deveria ser caçado feito rato, Lobo lhe indicou a monumental paisagem que penetrava pela janela: a cidade mais bela do mundo, Rio de Janeiro, com seu Cristo Redentor agigantado e piedoso, abençoando a tudo e todos.

Já instalados no Ipanema Palace, em quarto ao lado da suíte presidencial na qual se hospedaria o ex-presidente JK, os dois agentes policiais contemplavam a beleza singular da Baía de Guanabara.

— Gusmão, sem vexame desta vez, por favor. O homem é um ex-presidente, lembre-se.

— Pode deixar. Se fosse o Café Filho, eu mesmo dava nesse golpista uns cascudos, uns sopapos, uns petelecos, você ia ver! mas o JK? Aí não, meu. Adoro esse homem! Presidente Bossa Nova. Nos tirou da carroça e nos pôs no automóvel. Vou pedir até autógrafo!

— Que autógrafo, rapaz. Se concentra em seu trabalho. Na despedida, aí você pede, se houver chance.

— Pode deixar, chefe! Mas enquanto ele não chega ao hotel, vamos descer na portaria? Dar uma fumada, sabe.

— Esse vício... Bom, vamos lá.

Entraram no espaçoso e requintado elevador. Na primeira parada, ao se deparar com quem entrava, Gusmão abriu amplo sorriso.

— Vocês por aqui? Mas este mundo de meu Deus é pequeno demais mesmo! Pequeno e generoso! Como vai, Valquíria? Como vai, Maria Helena?

Valquíria Bentes não hesitou: deu longo abraço e beijos faciais em Gusmão, transparecendo toda a felicidade do acaso antes de responder que "estava bem, e agora melhor ainda", mas a amiga Mahe ficou com olhos estáticos, debaixo dos óculos escuros gatinha, e a respiração permaneceu suspensa por segundos. Estancou no limiar da cabine diante de Freitas Lobo, sem acreditar no que via. Valquíria Bentes, percebendo o imobilismo da amiga, deu-lhe um empurrãozinho que a levou de roldão aos braços de um apoplético Lobo.

O susto inicial foi seguido de silêncio constrangido. Maria Helena, pelo que disse na noite da cantina, e Lobo, por não ter respondido ainda a carta na qual ela pedia desculpas. Mas a situação foi rompida pela pergunta idêntica que trocaram sobre o que faziam ali naquele hotel, no Rio de Janeiro.

— Vamos nos apresentar no Teatro Municipal, a convite do Governo do estado da Guanabara — respondeu Maria Helena.

— E vocês irão nos ver, né? É daqui dois dias — emendou Valquíria Bentes.

Gusmão tomava a iniciativa de responder à indagação quando foi cortado por Lobo.— Estamos em missão sigilosa, senhorita — disse o delegado.

— Os policiais e seus mistérios — riu Valquíria Bentes. — Mas irão nos ver, né, Gusmão? — insistiu.

— Provavelmente, não — Lobo respondeu seco.

— Que durão — disse entrelábios Maria Helena, que foi ouvida por Lobo e suscitou nele a lembrança da fala da cantina. Ia dar resposta de desaforos, mas, ao vê-la novamente e sentir o perfume adocicado, a respiração tão próxima e fitar-lhe o perfil de princesa coroada da bailarina, calou-se meio sem jeito, apelando para o velho tique de ajeitar a lapela do paletó.

— O chefe tem razão. Certamente, não poderemos ir — disse Gusmão com ar sisudo, mascarando a astúcia de quem fala o que não pensa para provocar reação oposta.

— Também não é assim, Gusmão. Se tivermos de folga, não teremos impedimento algum para não prestigiar a apresentação das senhoritas — consertou Lobo, arrependido, a enfática primeira resposta.

Já alcançavam o amplo, arejado e suntuoso saguão do Ipanema Palace Hotel, com seu burburinho de homens e mulheres elegantes e apressados a chegar de todos os cantos do mundo e partir para tantos outros, quando Gusmão as convidou para irem apreciar o que o Rio tinha de melhor para os paulistas: mar, praia e sol.

Atravessaram a avenida beira-mar e caminharam as duas duplas, com a de Gusmão e Valquíria na frente, massageadas pela brisa e iluminadas pela generosidade solar de uma tranquila manhã de sábado. Ali, não eram bailarinas nem policiais. Apenas jovens flanando por uma bela e inspiradora praia tropical de um país do futuro, trocando as tímidas amabilidades de primeiros encontros. Maria Helena aproveitou a conversa com Lobo para se retratar do ocorrido na Nápoles Eterna, pedindo-lhe desculpas, aceitas de imediato por um Lobo cada vez mais satisfeito por estar ao lado dela.

A bola veio em direção a eles e o menino que a chutou pediu:

— E aí, aí, paulista, devolve pra nós!

Gusmão prontamente levantou a pelota, fez embaixadinhas e devolveu a redonda aos meninos com um chute concavo.

Valquíria Bentes ficou fascinada com o talento ludopédio de seu par, mas também intrigada com o conhecimento do menino sobre a origem deles.

— Como sabe que somos paulistas? — falou em voz alta.

— De ternos e vestidos escuros, num sábado de calor da hora, só pode ser coisa de paulista, né?! — disse o sorveteiro que presenciou a cena, e esticou: — E aí, moçada, vai um Chicabon geladinho pra refrescar?

Só então as duplas perceberam a inadequação das roupas sob o calor reinante. Não perderam tempo. Devoraram os Chicabon, os quais prontamente foram pagos por Lobo, apesar dos protestos de Maria Helena para que dividissem a conta.

— Vamos dividir, senhor Lobo.

— Jamais, senhorita. É papel de cavalheiro que se preze pagar a conta.

— Que coisa mais machista — devolveu Maria Helena.

Lobo, enquanto pontificava sobre a primazia masculina na questão de gênero-financeiro, percebeu ao olhar de relance para o Orient do pulso que já se tinha passado quase uma hora e que JK podia ter chegado. Sem perder mais tempo, puxou pelo braço Gusmão, cochichou que JK já estava no hotel e logo saíram correndo, deixando Bentes e Maria Helena sozinhas e atônitas.

— Grosso — disse Maria Helena sobre a saída abrupta de Lobo

— Deve ser o trabalho deles — retrucou Valquíria Bentes.

— Ninguém me deixa falando sozinha.

— Eu sou o quê, Mahe? Ninguém, também?

— Perdão. Você é minha maior e querida amiga.

— Tá bom! Nós vamos acabar encontrando com eles novamente. Vamos aproveitar o passeio, pois à tarde é só ensaio, ensaio e mais ensaio. Ai, cada homão que tem na praia, amiga! Olha aquele Deus Netuno saindo do Mar! Que pele morena deles, menina! Não são como nossos paulistas branco-escritório — gargalhava sob o olhar reprovativo da amiga ainda indignada com a fuga de Lobo.

Enquanto Maria Helena e Valquíria aproveitavam os restos da radiante manhã carioca, Lobo e Gusmão chegaram esbaforidos pela corrida no saguão do Ipanema Palace Hotel, onde já se encontrava o ex-presidente JK, cercado de burburinho e admiradores. O chefe da segurança pessoal reconheceu os policiais paulistas e, de encontro, os repreendeu:

— Os senhores estão atrasados. Exijo profissionalismo. Que isto não se repita, jamais! Vocês passam agora a ter a responsabilidade da segurança do presidente.

JK, percebendo a bronca nos policiais, logo se aproximou do trio e desfez o constrangimento com a simpatia pessoal que obrigava desafetos a ficarem quilômetros de distância para não caírem logo sob jugo da sua irresistível simpatia. Cumprimentou, perguntou de onde eram, se já haviam conhecido o Rio e pediu que relaxassem, pois aquilo de "segurança" só era uma obrigação legal. Foi, em seguida, para a suíte presidencial receber políticos para conversas e depois descansar. À noite, seria o convidado de honra de um baile de formatura de normalistas no auditório nobre do hotel. Lobo, de cara cerrada, sentindo-se culpado pelo atraso e bronca, nada falou enquanto acompanhava o presidente e inspecionavam a suíte. Gusmão, por sua vez, não perdeu tempo: puxou conversa com JK sobre serenatas, automóveis e Brasília, obtendo do político respostas empolgadas de um homem que gostava da vida em detalhes e plenitude.

1983

Entrou com passos firmes dos convictos no Palazzo Pierucci, segurando a *Folha de S.Paulo* enrolada na mão, e deu simpático bom dia ao porteiro que não aguentou e começou a rir depois de sua passagem. Subiu os seis lances de escada para atingir o terceiro andar e adentrou no escritório todo ofegante, com a língua para fora.

— O que é isso, Gusmão? Tá passando mal? Sente aqui, sente, sente aqui. Está bem? Mas, Gusmão, que trajes são esses? Quer ser a versão atlética do Mário Fofoca?

De calção vermelho de nylon, meias verde-abacate, tênis Kichute, camiseta regata amarela e um boné lilás, Gusmão parecia um ambulante quadro psicodélico.

— Vou emagrecer na marra. Dessa vez vai! Por enquanto, caminhada. Vim de casa, na Barra Funda, até aqui a pé. Cerca de cinco quilômetros, da Barra Funda até aqui. Semana que vem, venho fazendo cooper. Você vai ver.

— Ô Gusmão, é louvável seu esforço, mas lembre-se que você é detetive, e não um semáforo. Discrição, meu caro, já te falei isso.

Gusmão, refeito da ausência de ar, retrucou:

— Mas o "semáforo" aqui já resolveu o caso Betão Canelada.

— Você diz Antônio Roberto. Resolveu mesmo? Vamos lá, sabichão, me relate.

— A esposa lhe é fiel. Sai muito para visitar e levar compras e remédios para a mãe. Nunca quis apresentá-la ao marido, em razão do passado dela, envolvida em prostituição. Creio que ficou com medo que ele não aceitasse.

— Hum... entendo. E o tal Arlindinho Valente, por que então deixou de falar com Antônio Roberto?

— Ah, segundo apurei com repórteres setoristas do Timão, ele está chateado com Betão devido, supostamente, o amigo ter comentado que "Arlindinho nunca será titular do alvinegro. No máximo, um bom reserva". Uns repórteres acham que isso é intriga, outros, que Betão pode ter dito isto. Fato mesmo é que Arlindinho está desgostoso com o velho amigo. Quer ser até vendido para outro time por causa dessa suposta desfeita.

— Bom, então a traição da esposa não existe. Isso que importa para nosso craque. Vamos logo aliviar o homem dessa dor. Vou ligar para ele e verificar se pode vir aqui ainda hoje. Enquanto isso, vai lá no banheirinho e tome um banho, mas tire esse Kichute... airoso, com a porta bem fechada e o deixe no banheiro mesmo. Tem roupa social sua aqui?

— Sim, deixei uma muda de reserva no armário.

— Então, apronte-se.

Enquanto Gusmão, satisfeito de si pela endorfina da caminhada e pelo desfecho de seu primeiro caso como detetive particular cantarolava seu bolero favorito, "En dia que me queiras", debaixo do chuveiro de gotas minguantes do acanhado banheirinho, pensando no amor do passado que se fez freira, Lobo telefonou para Betão e deu uma folheada no jornal que o sócio deixara sobre a mesa. Depois de ler que a inflação do segundo semestre daquele ano de 1983 teria uma escalada devido à provável candidatura presidencial de Tancredo, abriu o caderno cultural "Ilustrada" e deparou-se com a manchete: "MAHE DE VOLTA!", com o lide abaixo: "Bailarina consagrada retorna ao Brasil após vinte anos". Pela entrevista, logo devorada, soube que Maria Helena voltava ao Brasil para umas férias prolongadas de seu trabalho como Diretora Técnica do Corpo de Balé de Paris e Coordenadora de Programas na UNESCO; que estava com saudades do país, amigos, costumes, além de criticar acidamente os militares "que já deviam ter saído do poder após os estragos que tanto fizeram ao Brasil e aos brasileiros, sobretudo agora depois dessa dívida impagável e a carestia galopante". Perguntada sobre o que mais desejava fazer no país, finalizou: "Viver à brasileira".

Gusmão, perfumado pela azulada colônia Bozzano vencida há meses, ajeitava com o pente marfim os cada vez mais escassos fios de cabelo, já grisalhos. Ao se aproximar do amigo, viu-o lendo.

— Desculpa, desculpa, Lobo. Se tivesse visto antes, eu tinha jogado o jornal no lixo.

— Sem problema, meu chapa. É apenas mais uma notícia, como qualquer outra. Amanhã está embrulhada em peixe.

— Ela ficou muito famosa...

— Isso é. E por mérito. Como profissional, sempre foi... sempre foi virtuosa, encantadora, única. Desafiava os ares, o espaço, a gravidade — disse com voz embargada um Lobo atado nas entranhas do passado.

Gusmão se aproximou, deu-lhe um tapinha solidário no ombro e guardou silêncio respeitoso. Lobo pigarreou ao voltar de vinte anos atrás e o avisou que Antônio Roberto estava para chegar. Depois, ao fitar a cueca samba-canção de Gusmão pendurada na maçaneta da janela aberta da sala, sob pretexto de rápida secagem, ralhou com o amigo e mandou que tirasse aquilo de lá pois seu escritório não era cortiço. Ia prosseguir na descompostura corretiva dos modos de Gusmão, mas ouviu o barulho de passos no corredor.

O cliente futebolista logo adentrou o escritório com o mesmo disfarce da primeira visita. Tirou a japona, o boné e o bigode postiço enquanto cumprimentava os detetives. Sentou-se e, com ar de palpitante ansiedade, perguntou:

— Então, doutores, novidades?

Lobo tomou a palavra e comunicou que sim, e que eram boas. Generoso, cedeu a palavra ao parceiro.— Betão... Digo, Antônio Roberto, a verdade que interessa é que sua esposa é fiel e nunca lhe pôs cor... — estancou com medo de ser mal interpretado.

Como o jogador ficara em surpreendente silêncio, Gusmão encorajou-se:

— As saídas dela se devem à mãe, a qual vai visitar constantemente, sobretudo nas suas ausências, para levar-lhe compras e remédios. Espero que a entenda. É mãe, independente que já fizera na vida.

— Mãe? Mas ela disse que era falecida.

— Mas não é. Pelo que Gusmão apurou, lhe escondeu a sogra em razão do passado dela de prostituta — disse friamente Lobo, no aguardo de reação adversa do cliente.

— Que bobagem — disse rindo Antônio Roberto. — Eu lá não sei o que pobres do Brasil temos que fazer para ganhar a vida? Que bobagem — repetiu Antônio Roberto. — Mas então o Arlindinho nada tem a ver com a Jozinete — concluiu com olhos de alegria infantil.

— Nadinha!

— Então, Ferroni, por que ele me evita?

— Ah, aí é outra questão. Intrigas, fofocas, nada mais que isso.

— Mas o que e de quem? Pelo amor de Deus, homem, diga!

— O caso é que fofocaram para o Arlindinho Valente que você, Antônio Roberto, supostamente, claro — frisou com gestual — disse que "ele jamais seria titular da lateral direita do Timão". Por isso, seu amigo quer sair do clube.

Ao ouvir, as veias de Antônio Roberto de imediato saltaram do pescoço, feito sapo acossado, e os olhos de fúria cravaram alternadamente em Lobo e Gusmão.

— Quem foi o fio de puta que falou essa mentira deslavada?!

— Não sei. Só sei que os comentários vão nesse sentido...

— Ah, Ferroni, você sabe sim. Me diga, que vou a quebrar a cara, seja quem for!

— É muita gente que comenta, mas não descobri o autor original da maldade. Vou ficar lhe devendo, e você não vai brigar com a imprensa inteira — disse Gusmão. — Fui jogador também, amigo.

Você sabe que maioria dos jornalistas é gente boa, mas sempre tem os invejosos, os maledicentes, os que levam e trazem e nisso surgem as maldades.

O ódio de Antônio Sérgio foi lentamente murchando no deslizar dos minutos. O homenzarrão, antes todo inflado pela ira, foi diminuindo na cadeira, encolhendo sobre si, pousando num silêncio ensimesmado, para a surpresa dos detetives.

— Mas, enfim, a Jozinete não é adultera e isso é que importa! — disse Gusmão tentando reanimar o cliente.

— E essa foi a razão pela qual o senhor nos contratou — complementou Lobo. — Final feliz, amigo!

— Ela é uma boa pessoa, sim, seus doutores. É leal, é amiga, prendada — comentou o lacônico Antônio Roberto.

— Sim. E nós provamos isso — disse a dupla.

Betão olhou para o teto e, como visse o rosto do amor estampado, suspirou e soltou a voz serena do sinceros:

— Mas eu amo é o Arlindinho!

1961

JK, como paraninfo da turma, saudou as futuras professoras durante a cerimônia de formatura das normalistas, na qual fora convidado de honra, mencionando a própria mãe, também mestra, que lhe ensinou as "primeiras letras" e deu-lhe "o caminho do saber e da dignidade". Finalizou o discurso afirmando que "o futuro do Brasil" estava em boas mãos, "com as dedicadas professoras que ora se formam". Foi ovacionado com aplausos e gritos de "volta, volta, JK, volta", "Fora, louco!" e "JK 65", ano no qual seria realizada a eleição presidencial para sucessão de Jânio Quadros.

Os smokings, providenciados às pressas pelo Ipanema Hotel Palace para os policiais da PF Lobo e Gusmão a pedido do staff de JK, tiveram caimentos distintos. Em Lobo, dada a silhueta magra e altura mediana de 1,78, a veste assentou em paz e sem resistência. Para Gusmão, com seus 1,85 e incipientes quilos a mais, a peça ficara um tanto justa, obrigando-o a ficar, todo instante, puxando e repuxando o tecido para obtenção de folga e ar.

Lobo ficara mais junto ao ex-presidente para interceptar um eventual ataque e Gusmão, na porta de entrada do salão, para observar condutas suspeitas. Se comunicavam por meio de sinais de sentidos pré-definidos, feitos com as mãos. Dado que não jantaram, Gusmão observava também com sofreguidão a extensa mesa de salgados, doces e bebidas, posta a pouco metros dele, que seria liberada aos convidados durante o baile, após a falação laudatória.

Os músicos da Orquestra do Maestro Zanini afinavam os instrumentos para início do baile musical da formatura quando o silêncio de plateia os calou também.

Maria Helena entrava no salão de festas, capturando a atenção de todos pela elegância do vestido, o caminhar altivo, o penteado, os vivazes olhos negros, feito uma rainha adentrando majestosa a sala do trono de seu palácio. A impressão foi reforçada pela presença de Valquíria Bentes, igualmente bela mas desajeitada, que figurava ao lado da primeira feito "Dama de Companhia".

Maria Helena custou a perceber que já andava só, pois Valquíria, àquela altura, proseava com Gusmão. Apenas se deu conta que sua sedutora modéstia era foco das atenções quando percebeu dezenas de olhares voltados para si, feito pingos de chuva caindo sobre a flor. Estancou e corou. Lidava bem com público nas suas apresentações de bailarina por se concentrar tanto no que tinha que fazer, nos passos, nos gestos, nos saltos, que não o percebia. Ao findar as apresentações, dispersava o olhar pela audiência para driblar a timidez.

Mas ali, no baile de estranhos, foi pega de surpresa. Sem ação e reação, acabou socorrida por um Lobo que de pronto percebeu o desconcerto. Se aproximou e a "salvou", puxando-a para o lado, desfazendo o encanto coletivo dos presentes para com a forasteira.

— Também foi convidada?

— Não, não. Foi a Vaqui que insistiu para que viéssemos. Nem sei do que se trata. Era só para xeretar mesmo. Aliás, cadê essa doida?! E você?

— Eu? Estou a trabalho. É cerimônia de formatura de normalistas e sua amiga está lá de papo com o Gusmão.

— Ah, essa é sua missão sigilosa, então: segurança de baile. Aliás, de algum famoso presente. Mas a Vaqui não perde tempo mesmo... Meu Deus, não acredito! Lá, naquela mesa, não é o...

— Ele mesmo — confirmou o policial rindo e deixando Maria Helena encantada ao deduzir corretamente a missão de trabalho de Lobo.

A banda do Maestro Zanini iniciara o show. Começara com músicas juvenis, como "Estúpido Cupido", que fez com que Valquíria Bentes já fosse para a pista de dança. Gusmão teve ímpeto de acompanhá-la, mas o chefe Lobo o dissuadiu de pronto com gestos e olhares. Para compensar a frustração, Gusmão discretamente aproximou-se da mesa de comida e pescou sorrateiramente salgados e doces.

Quando a banda enveredou por valsas, em especial por "Danúbio Azul", o glamouroso JK veio ao encontro de Maria Helena e Lobo.

— Doutor, me desculpe, mas vou roubar sua namorada por uns minutinhos.

Lépido pé de valsa, o ex-presidente envolveu Maria Helena em seus braços e dançou saltitante e risonho, sem perceber o rosto rubro da parceira e seus tímidos protestos de que Lobo "não é meu namorado".

Ao acabar a música, trouxe Maria Helena de volta e, após cavalheirescamente beijar sua mão e perguntar-lhe o nome, a entregou a Lobo.

— Parabéns, doutor. Sua namorada dança muito bem e vocês formam um belo casal — disse o presidente.

Desta vez, foi Lobo que avermelhou. Tentou explicar ao presidente que não tinham nenhuma relação, mas este já fora puxado por formandas ansiosas por fotos, autógrafos, e nem lhe ouviu. Lobo voltou-se para Maria Helena, que, atordoada pela situação, só lhe deu de volta um encantador e magnético sorriso de espanto. Para sair daquele imobilismo, simultaneamente doce e embaraçoso, Lobo foi acompanhar de perto JK, usando o dever profissional como escudo, e Maria Helena se afastou com o pretexto de encontrar a amiga Vaqui no imenso salão.

JK, exausto de tanto autografar guardanapos, dar e receber tapinhas nas costas e dançar com formandas, sinalizou aos seguranças que iria se recolher ao quarto. Prontamente, Lobo e Gusmão o cercaram e lhe abriram um corredor de saída.

No limiar da manhã do dia seguinte, os policiais, de vigília desde noite adentro, o acompanharam até o Aeroporto Santos Dumont, no qual nova equipe da PF o acompanharia até Diamantina, cidade natal na qual o ex-presidente passaria uns dias de descanso.

Com o resto do dia de folga, Gusmão e Lobo voltaram ao hotel e convidaram as bailarinas para os acompanhar no passeio de bondinho até o Cristo Redentor, contemplando extasiados a mais bela paisagem natural do planeta. Após almoçarem frutos do mar na Orla de Copacabana, com sorvetes e café na sequência, retornaram ao hotel para descanso e sono o resto da tarde. Às 18h, Maria Helena e Valquíria rumaram para o Teatro Municipal, ondes às 21h, junto com demais colegas do Balé de São Paulo, apresentariam o "Quebra-Nozes".

— Então, dorminhoco, vamos levantar? O espetáculo das meninas começa às 9h.

— Mas que horas são? — perguntou Lobo, esfregando os olhos enregelados.

— Oito e dez.

— Já? Será que dá tempo ainda?

— Claro, Lobo. Valquíria me deu dois convites, mas você tem que ser rápido.

De pronto, saltou da cama para o banheiro do quarto. Em poucos minutos, se banhou e fez a barba debaixo de água fria para acordar de vez e instantaneamente se vestiu, enquanto afastava do pensamento a frustração que Maria Helena sentiria caso não fossem. Gusmão, também receoso de frustrar Valquíria, agilizou a situação pedindo à portaria do hotel que providenciasse um táxi. Assim que desceram, o motorista sinalizou para que entrassem.

Estavam próximo do majestoso Teatro Municipal do Rio de Janeiro quando enfrentaram um congestionamento decorrente de uma batida de trânsito, que em si não era nada, mas fora transformada em um drama shakespeariano devido às atribuições de culpa recíprocas entre os envolvidos, recheado de elogios às progenitoras de ambos e ensaios de pugilato. Exasperados, os agentes pagaram o taxista e foram a pé no trecho final.

A sirene de aviso para início do espetáculo já soara duas vezes. Na terceira, as portas se fechariam e ninguém mais entraria ou sairia. Quando a sirene derradeira começou a soar, Gusmão e Lobo conseguiram entrar e sentar-se em duas cadeiras à direita da plateia, próximas ao palco.

Maria Helena adentrou levemente em cena e viu, de soslaio, Lobo sentado. Do jubilo íntimo decorrente, fez até então a melhor apresentação de sua carreira. Lobo, maravilhado com que via, dizia para si, nas reentrâncias do coração: "É ela, é ela, é ela".

Enquanto aguardavam no saguão a saída das bailarinas, Gusmão teve a ideia:

— Espera aí, Lobo. Vou ali na rua comprar flores.

— Flores? Para quem, Gusmão?

— Para mim mesmo! São para as meninas, né? Mulher gosta. Anota isso.

— Boa ideia, boa ideia. Está aqui uns Cabral a mais. Vai lá comprar o que tiver.

Quando saíram, desvencilhadas dos parabéns dos assistentes e despedidas de colegas da companhia, Maria Helena e Valquíria foram de encontro aos policiais e se encantaram com as rosas brancas e vermelhas.

De volta ao Ipanema Palace Hotel, Valquíria e Gusmão atravessaram a avenida e foram namorar a praia, o mar e um ao outro até o sol raiar, enquanto Maria Helena e Lobo pararam no saguão, na hesitação dos impulsos contraditos de fugir do outro e ficar próximos. Ouviram o som de piano proveniente do American Bar e, incentivados pela recepcionista para que o conhecessem, rumaram para lá. No amplo espaço de mesas e cadeiras vazias, dado o adiantado da madrugada de segunda-feira, puderam escolher a mesa na varanda, banhada de luar e suspiros do vizinho mar.

Lobo pediu um Encante e Maria Helena escolheu uma porção de salame. Enquanto os saboreavam, conversavam sobre as respectivas profissões. Os desafios, as exigências, as expectativas. A partir daí, a prosa resvalou nos amigos de cada um, Valquíria e Gusmão. Quando os conheceram, como eram, o que fizeram juntos, adiando assim a conversa que interessava: eles próprios.

O piano voltou a tocar e uma voz, que entraria para história da música popular brasileira, começou a dizer "um, dois, três, teste". Tratava-se de uma moça morena, por volta dos dezesseis anos, baixa, de cabelos negros e corte de cabelo Joãozinho, vinda do Rio Grande do Sul para fazer testes em gravadoras cariocas, que aproveitou a insônia para ensaiar um pouco. Abrindo seu delicioso sorriso, disse:

— É pro casal aí da varanda — deixando Maria Helena e Lobo mais uma vez vermelhos com a insinuação que fossem um par real. Com a voz única e aveludada, cantou "Fotografia", de Tom Jobim. "Eu, você, nós dois aqui nesse terraço à beira-mar...", palavras que fizeram com que instintivamente juntassem as mãos. Lobo nunca esquecera, pelo resto da vida, daquela primeira sensação de maciez e leveza da mão de Maria Helena.

— Como diz a música: "Eu acho que esse bar já vai fechar" — disse Maria Helena soltando a mão da de Lobo, depois do transe romântico provocado.

— Ah, sim, sim. São quase quatro horas da manhã. É tarde mesmo. Vamos?

Quando se preparava para pagar a conta, Maria Helena foi mais rápida.

— Desta vez é minha. O senhor já pagou o sorvete na praia.

— Mas, senhorita, é dever de todo homem...

— É dever nada. Eu também trabalho e tenho renda. Então desta vez a conta é minha. Na próxima, o senhor...

— Na próxima? — devolveu Lobo com olhos esperançosos de criança.

— Sim. Se houver, claro. Se o senhor quiser — disse Maria Helena com ares formais.

— Claro, senhorita, se houver essa oportunidade — devolveu Lobo também nas vestes do formalismo.

Ao saírem e passarem pela jovem cantora, Maria Helena recebeu dela um sorriso e piscar de olhos de aprovação e incentivo.

No elevador do painel niquelado e lustre *arte déco*, Lobo apertou o botão de seu andar, sétimo, e Maria Helena o dela, sexto. Quando a cabine parou, ela o cumprimentou com um "então tchau, doutor, boa noite". Mal dera o primeiro passo para frente, o segundo foi inverso. Talvez pelo vinho e pelos hormônios juvenis que atiçam o desejo da carne, ou talvez pelo coração, que atiça os da alma, logo se entrelaçaram um no outro, com beijos e amassos de dorso e repuxos de baixo. Quando o elevador parava em algum andar, o mais próximo acionava o botão do painel em andar aleatório para prolongar a refrega, transformando-o numa gangorra de altos e baixos. Finalmente pararam no sétimo, e logo continuaram o contundente enlace no quarto do policial.

Se cada um ainda era um tanto cru na arte do amor feito, a combinação de dois os ensinou rapidamente madrugada adentro. Extasiados de corpo e alma, cochilaram abraçados e nus sobre acanhada cama de solteiro. Nos princípios da aurora, Lobo começou a tremer, suar e balbuciar palavras de medo, despertando Maria Helena. Receosa de acordá-lo subitamente e assustá-lo, segurou a mão que se debatia no colchão e, alisando-a e beijando-a, obteve o fim da agitação frenética do amante.

— O que aconteceu?

— Acho que você estava tendo algum pesadelo, pois estava muito agitado.

— Não lembro com nitidez, mas é algo que às vezes sonho.

— O quê?

— Não é claro, sabe? É como se estivesse num parque infantil e uma cadeira vazia balançasse e viesse na minha direção

— E mais alguma coisa, alguém?

— Não, não. Quer dizer, sei que há alguém, mas não consigo ver.

Maria Helena afagou ternamente, com a ponta do dedo indicador, os cabelos castanhos de Lobo, o nariz, a boca, e lhe disse que "agora estava tudo bem", que descansasse durante o banho rápido que ela tomaria em seguida.

De volta ao quarto, Lobo lhe ofereceu a toalha de banho, branca e felpuda, com as iniciais abreviadas do hotel bordadas em dourado. Maria Helena o fitou com sorriso maroto e olhos provocantes, jogou as toalhas na poltrona e, acariciando nua o peito e braços de pelos eriçados de Lobo, lhe soprou ao pé do ouvido:

— Você é minha toalha felpuda, doutor Lobo.

Ato contínuo, se engatou a ele e fizeram novo amor no chão acarpetado, acariciados pelos raios da manhã.

— Então?

— Então o quê?

— Você e a bailarina, não...

— Diga você, meu chapa. E a Valquíria Bentes?

— Foi maravilhoso. Passeamos pela orla de Ipanema, debaixo de lua e sopros do mar até o amanhecer, e aí trocamos uns beijinhos, uns amassos e só. E vocês?

Lobo corou com a pergunta do parceiro e desviou o olhar para a janela do avião, depois para o relógio de pulso enquanto Gusmão não lhe tirava os olhos.

— É que, que... Ah, você sabe.

— Não acredito, rapaz. Parabéns. Isso é raro, hein?! E foi bom?

— Bom até demais — riu Lobo. — Tudo. Ela é encantadora. Seus gestos, sua fala, os assuntos e... Bom, isso já não lhe diz respeito.

— Claro que não. Intimidade é coisa do casal.

— Mas que casal?

— Ora, o amigo não vai abandonar a moça agora que...

— Não se trata disso, mas é que ela não é...

— Não é o que? Ah, sim. Mas e daí?

— Daí? Daí que tenho meus padrões morais

— Mas você prefere ficar com os tais "padrões morais" ou com ela? Quem beija melhor, quem te faz feliz?

— Ah, Gusmão, não é por aí, também não sei ainda...

— Sabe sim, amigo. Te falar uma coisa: os americanos inventaram uma tal de pílula anticoncepcional, vai chegar ao Brasil ano que vem, que não deixa a mulher engravidar. Li uma reportagem no Seleções Reader. Rapaz, isso será uma revolução! Mulher vai fornicar com quem quiser. A gente vai ter que se acostumar.

— Que palavreado é esse, Gusmão?

— Ora, Lobo, repito: e aí? Maria Helena ou os "padrões morais"?

— Vou fazer uma reflexão sobre o assunto.

De pronto, Gusmão soltou uma gargalhada e completou:

— De minha parte, me decidi: só não fico com a Vaqui se ela não me quiser.

Quis. Logo na semana seguinte à viagem ao Rio, passaram a se ver diariamente: tomaram chope no Redondo, da Ipiranga com a Consolação, foram ao cinema, à Avenida São João flanar. Naquela época, Gusmão comprou o carro que tanto queria: uma Kombi 1961, verde-abacate escuro, de frisos prateados, para passeios alongados na baixada santista e no interior do estado. O namoro, quando sério ficou, foi apresentado à família de Valquíria. Não foi muito bem acolhido devido às origens humildes de família operária da Mooca e ao fato de Gusmão ter sido jogador de futebol. Mas, por ser policial naquele momento, foi tolerado pela tradicional família Bentes de Guimarães, conservadora e "gente de bem", pois afirmavam: "Ao menos, esse rapaz não é artista".

Com Maria Helena e Lobo, a coisa foi complicada, mais enrascada, mais indeterminada. Ela ficou toda esperançosa que na semana seguinte Lobo a procurasse, mas ele, dado a seus "breques morais", se concentrou em sua atividade profissional como meio de driblar os sentimentos e desejos. Passou a planejar em minúcias a ida à Bahia, junto com os agentes Gusmão, Epaminondas e Varela, para realizar a investigação de campo sobre o contrabando de ouro nas reservas indígenas. Fez um extenso relatório de justificativas e prognósticos sobre o assunto e enviou à autoridade superior para aprovação da viagem.

Decorridos alguns dias de ausência e silêncio da parte de Lobo, Maria Helena também se dedicou com intensidade aos ensaios de balé para escantear a frustração e manter a altivez. Depois de três semanas, o bichinho da saudade os corroía, deixando as almas ansiosas. Para preenchê-la, Maria Helena ligou para a PF, já mais de 18h de uma sexta-feira, na certeza que ninguém mais atenderia a chamada. Para sua surpresa e susto, o próprio Lobo, enfurnado em trabalho, atendeu. O primeiro "alô" foi casual, um tanto automático. O segundo, irritado, devido ao silêncio e o terceiro em vão. Assustada com o tom, Maria Helena desligou. Só então Lobo pensou que poderia ser ela e arrependeu-se da rispidez.

À noite, Sputnik, pendurado no beiral interior da janela do quarto da bailarina, observava — embora gato, com olhos de águia — o vai e vem, o vem e vai, de pedestres, carros, ônibus e carroças na Avenida Paulista, quando percebeu e fixou-se no homem parado, de sobretudo e chapéu, debaixo da garoa fina daquele inverno incipiente de 1961. O sujeito lhe devolvia o olhar com a mesma fixidez. Maria Helena, obcecada na leitura de *Dez dias que abalaram o mundo*, do jornalista americano John Reed, sobre a Revolução Russa de 1917, não atendia ao relancear de olhos de Sputnik a chamando para também observar o estranho parado no portão da casa. Como o olhar não bastara, miou com retumbância. Maria Helena, finalmente, pausou a leitura e foi lá atender ao desejo felino por companhia na observação do estranho.

Por ele estar de costas naquele momento, não identificou quem fosse o homem com trajes de filme policial americano. Mas, assim que virou ele, identificou Lobo. De pronto, sorriu, dando um súbito clarão à janela, e logo pegou do mancebo o hobbie rosa acetinado e rumou para o portão do palacete, enquanto Sputnik, após esboçar acompanhá-la, atendeu ao seu forte instinto animal: bocejou e foi se aninhar no travesseiro desocupado de sua dona.

— Olá. Como vai, dr. Lobo? Policiando a Avenida Paulista?

Lobo, habituado a inquirir, meio sem jeito recorreu ao velho tique de esticar e alisar a lapela do paletó.

— Não. É que... Veja, eu estava... indo por aí, pela noite, então desci de repente do bonde e por acaso lembrei que a senhorita morava por aqui. Só observava a beleza arquitetônica da residência, aliás cheia de esplendor, e o gato na janela.

Abrindo o portão e deixando-o adentrar, Maria Helena — com suas covinhas no rosto — ria da explicação tortuosa de Lobo quando ouviu o rasgo de sinceridade.— Na verdade, foi saudade sua. Saudade imensa.

— Eu também. Eu também, meu amor!

Trocaram profusos abraços e beijos, observados da varanda por dr. Bernardino, pai da bailarina, que casualmente saíra para desfrutar seu cachimbo e elucubrar sobre a economia nacional.

Tal intensidade de enlace amoroso só poderia resultar em namoro e daqueles de pontas amarradas, com nó apertadíssimo, o qual encobre as eventuais diferenças, sobretudo na fase inicial de paixão sufocante, antes que o veneno dos desencontros vá corroendo silencioso o nó.

Maria Helena adorava surpreender o namorado Lobo. Resgatava-o do trabalho, com sua Romi-Isetta azul-claro e o levava para almoçar nos restaurantes mais badalados da cidade, feito o Fasano, no requintado Conjunto Nacional. E, para contrariedade do namorado, pagava a conta. Iam ao cinema, em geral no luxuoso Cine Ipiranga, ver as fitas hollywoodianas em cartaz, afundando em beijos e amassos sentidos; costumavam passear, aos domingos, pela novíssimo Parque do Ibirapuera ou no distante zoológico de São Paulo, sem deixar de frequentar a noite paulistana. Eram assíduos da Noturnus, boate à meia-luz, esfumaçada pelos cigarros, na qual Epaminondas, como crooner, cantava clássicos do jazz, como a esfuziante canção de dias felizes de um amor, feito o deles, "Day of wines and roses", deixando o casal cada vez mais enamorado.

Quando de folga, Lobo acompanhava fascinado as apresentações da namorada bailarina, presenteando-a com as flores mais belas da cidade após o término dos espetáculos.

Com o casal de amigos, Gusmão e Valquíria Bentes, faziam viagens de ida e volta no mesmo dia pelo estado de São Paulo, como para a friorenta Campos de Jordão ou as praias desertas e calorentas do Guarujá, nas quais, após banhos nas profusas águas atlânticas e piqueniques nas claras areais, numa espécie de rodízio tácito do espaço, os casais utilizavam a Kombi verde de Gusmão, com as cortininhas vermelhas cerradas, como um "quarto" para as delícias perpétuas do amor.

Em agosto de 1961, Lobo já cogitava pedir a mão de Maria Helena em casamento, pulando a antessala de entretantos do noivado. Foi quando conheceu o lado político, carbonário e engajado da namorada pela barafunda daqueles dias confusos no país, devido aos quais adiou sua intenção, assim como Maria Helena, por sua vez, conheceu o lado acomodatício e indiferente do namorado em relação à política. A crise institucional advinda da renúncia inesperada do amalucado presidente Jânio Quadros, e o consequente veto militar à posse do vice João Goulart, polarizou o país. Do Rio Grande do Sul, o governador Leonel Brizola liderou o movimento pela posse do cunhado Jango e compôs a bem-sucedida rede da legalidade, uma cadeia de rádios a favor da posse.

Maria Helena participou ativamente do movimento, frequentando reuniões políticas, passeatas, ocupações; divulgando abaixo-assinados pelo meio artístico, discutindo entre os amigos em mesas de bares. Incitava Lobo a participar, mas ele, alegando ser "apolítico", resistia ao engajamento, ainda que achasse correto o cumprimento da Constituição pela posse do vice.

No tumulto do país, do mundo, dos acontecimentos maiores que a vida dos indivíduos, os dois ficaram no namoro mesmo sem mais se preocuparem com o amanhã e suas perguntas, por ser o laço apaixonado do hoje tão forte e ofuscante que os impedia de enxergar o depois. A bailarina, bem-sucedida na profissão e no amor, dizia a si que por ora é "viver, apenas viver feliz".

Um namoro que, por pouco, não findou em início e auge devido à ronda da morte.

1962

Em fins de 1962, depois do vai e volta, do volta e vai, da burocracia administrativa, com seus labirintos de ofícios, aprovações, relatórios, verbas, autorizações e estranhas pressões contra a investigação, a viagem do delegado Freitas Lobo e os agentes federais Gusmão, Epaminondas e Varela fora aprovada pela direção superior da Polícia Federal. De caráter sigiloso, tinha como objetivos verificar *in loco* a procedência da denúncia de extração ilegal e contrabando de ouro em terras dos índios Pataxós, no sul da Bahia.

Desembarcados em Salvador, sob disfarces de inocentes turistas, foram conduzidos à Cabrália, região da suposta atividade criminosa de garimpo de ouro, pelo motorista Milton Kasaki, da PF baiana, em um Aero Willys com placa falsa. Lá, ouviram relatos de líderes dos Pataxós sobre a movimentação de estranhos na sua reserva e programaram a incursão pelas matas da região, munidos de equipamentos de localização, máquinas fotográficas, mantimentos, barracas e armas, guiados por um experiente pataxó mateiro conhecedor dos caminhos.

Após três dias, e mais de cem quilômetros pela mata e sua fauna e flora desconhecidas para os policiais, sofrerem o ataque insidioso dos pernilongos. Penando com os roncos altissonantes e chulé de aroma contundente de Gusmão, ou com as flatulências imprevistas de Epaminondas, avistaram de um morro o clarão na floresta. Com os binóculos, visualizaram em mais detalhes uma imensa cava e homens entrando e saindo dela carregando bateais cheias, as quais eram descarregadas em uma extensa esteira onde outros homens faziam uma espécie de filtragem, retendo o metal que interessava e desprezando o restante. Mais à frente, uma pista de pouso, de cerca de 500 metros, abrigava dois aviões. Na cabeceira, um pavilhão.

Foi Lobo quem reparou no estranho formato do pavilhão.

— O que você vê ali, Gusmão?

— Ué, um pavilhão. Devem usar para repouso e guardar máquinas.

— Só isso? Veja de novo, com mais atenção — insistiu Lobo.

Gusmão enxergou o que antes só tinha visto. — Meu Deus! Tem a forma da suástica — disse perplexo. — Que porra maluca é esse lugar?

— Não sei, amigo, não sei. Pode ser uma coincidência, mas é muito estranho. De concreto, está claro que estão extraindo ouro da cava. E muito.

Enquanto dialogavam, Varela e Epaminondas tiravam inúmeras fotos gerais, em *close*, do lugar e dos homens em atividade. Entretidos em observar e registrar, não se deram conta de quem se aproximava em sua retaguarda, mas um revoar de pássaros chamou-lhes a atenção e os colocaram em alerta. Se voltaram para trás quando o tiroteio começou.

Orientados pelo mateiro-guia, saíram em corrida diagonal para fugirem do cerco. Varela, Epaminondas e Gusmão passaram a revidar os tiros disparando com seus revólveres. Lobo hesitava, só conseguia se proteger por trás das árvores. Nessa hesitação, ficou um pouco para trás em relação aos companheiros. Ia iniciar uma nova corrida quando surgiu diante de si um perseguidor todo camuflado, que ria do pânico e tremor que Lobo ostentava ao segurar o revólver. Com uma voz metálica, fininha, de prenúncio de morte, lhe disse, entre gargalhadas:

— Acabou para você. Quem mandou ser curioso.

Gusmão, que parara para esperar Lobo, viu e ouviu o "camuflado" destravar a metralhadora, viu o amigo empunhando tremulamente o revólver. Desesperado, gritou para Lobo: "Atira", "atira", "atira". Mas, como ele não agia e sabendo que devido à distância de cerca de cem metros e seu joelho avariado não conseguiria chegar a tempo de onde estavam, se jogou na relva, mirou e atirou.

A bala de Gusmão foi certeira. Perfurou o início da canela do agressor, próxima ao pé, estilhaçando o osso do alvejado. A rajada de metralhadora ainda assim foi dada, mas para o alto devido à queda abrupta do "camuflado" ao chão, uivando de dor, todo contorcido. Lobo, antes de correr em direção aos companheiros para irem em direção à aldeia dos Pataxós, teve tempo de encarar o ódio de fogo que o olhar do perseguidor exalava.

De volta à aldeia dos Pataxós, enquanto Varela e Epaminondas registravam por fotos os costumes e rotina da tribo, e pousavam ao lado do motorista Milton para foto, Lobo comunicava por rádio amador da aldeia à direção superior da PF sobre a incursão pela reserva e os resultados a que chegaram. Por linguagem codificada, confirmou a extração ilegal e contrabando de ouro na reserva e forneceu as coordenadas geográficas de onde isso ocorria. A PF, em razão da escassez de agentes para uma operação de maior envergadura, acionou o Ministério da Guerra e este determinou, dois dias depois, ao Batalhão do Exército mais próximo que fosse ao local, prendesse os criminosos e destruísse as instalações. No entanto, decorridos mais dias, a unidade militar mais próxima ainda não tinha cumprido a ordem do Ministério. Alegou, por meio de seu comandante-substituto, por ordem do comandante-titular, hospitalizado em Salvador, que nenhuma operação ocorresse durante sua ausência e que os soldados permanecessem de prontidão no quartel. Em função do descumprimento da ordem do ministro, o tenente-coronel, comandante do batalhão, respondeu a uma sindicância e ficou preso vinte dias por quebra de hierarquia. O fato foi tratado *intracorpus*, sem que a PF fosse notificada a respeito.

Devido à morosidade do Exército, a instituição solicitou à Aeronáutica que assumisse a tarefa de repressão à atividade minerária ilegal e criminosa na reserva dos Pataxós. Um batalhão de paraquedistas deslocados para o local constatou a realidade da extração ilegal, mas encontrou a atividade suspensa, as instalações vazias e parcialmente destruídas, inclusive o pavilhão com seu macabro formato geométrico. Por meio de incineração dos equipamentos restantes, a Aeronáutica pôs fim à extração ilegal de ouro naquela localidade. Segundo estimativa de um geólogo militar, a quantidade extraída já tinha sido abundante.

De retorno a São Paulo, o delegado Lobo e os agentes Gusmão e Varela elaboraram relatórios descritivos e ilustrados com fotos sobre o que presenciaram, sendo encaminhados à autoridade superior da PF e ao ministro da Justiça por Lobo, chefe da Operação Pataxó.

Gusmão teve que refazer seu relatório, pois omitiu o tiro dado no "camuflado" que quase tirou a vida do seu chefe.— Você tem certeza de que quer que eu relate isso, Lobo?

— Claro. Temos que reportar tudo que ocorreu na operação.

— Mas isso não lhe será benéfico.

— Não há problema. Trata-se da verdade. É o que importa.

Gusmão apagou o cigarro no transparente cinzeiro de cristal, confiou o ralo bigode à Clark Gable, olhou pela janela a floresta cinzenta de prédios do centro de São Paulo, soltou uma baforada para cima. Com ar pesaroso e preocupado, disse ao chefe:

— Lobo, sei que você tem lá suas reservas humanistas. Também as tenho. Mas nossa profissão exige certas posturas... Você sabe que poderia ter morrido. Vacilou demais. Aquele "sujeito camuflado" iria matá-lo.

— Eu sei, eu sei. É que na hora me dá uma paralisia... Tirar uma vida me atemoriza.

— Não é algo para se vangloriar, mas, amigo, ali era legítima defesa. Atividade policial não é só um quebra-cabeça lógico-dedutivo. Coisa de detetive de livro como Sherlock Holmes ou Poirot.

— Sim, tem esse outro lado de aspecto de dissuasão e reação, mas eu não apertei o... Bom, Gusmão, deixa pra lá. Faça o relatório completo.

— Está bom. Perfeito, chefe. Se quer assim, assim será.

— Ah, Gusmão, você não achou intrigante aquele pavilhão em forma de suástica? E aquele camuflado, o que era? Chefe da quadrilha?

— Muito, muito intrigante. Será alguma organização nazista? Li que há redes de apoio à fuga deles para a América do Sul. São chamadas de *ratlines*, rota de ratos. Pode ser uma delas e o "camuflado", o chefe ou responsável pela segurança dos criminosos.

— Financiada por contrabando de ouro? Teriam bastante recursos. O importante é que as terras dos pataxós por ora estão livres desses criminosos. Mas vou solicitar à nossa diretoria a instauração de inquérito sigiloso para aprofundarmos as investigações. Precisamos saber o que é e quem está por trás disso.

— Você, Lobo, é incorrigível. Adora decifrar mistérios. Pensando bem, se forem mesmo bandidos nazistas, melhor que peguemos essas porras — Gusmão deu um indignado tapa na mesa. — Se não forem, têm que ser pegos da mesma forma. Quase quinhentos anos depois, os índios continuam sendo roubados. Não é justo, meu!

Após saírem pelas boates da noite e matarem a saudade dos corpos, Gusmão, alto de bebida e mordido pela curiosidade de Valquíria Bentes sobre a missão policial do namorado na terra dos Pataxós, acabou desabafando sobre o perigo mortal que Lobo correra diante do "perseguidor camuflado", apenas omitindo que fora ele, Gusmão, que salvara Lobo com um tiro certeiro na perna do algoz. Disse que fora outro policial o "salvador". Valquíria, fascinada pelo que ouviu, prometeu não comentar com mais ninguém, sem se dar conta que a comichão dos segredos é ardilosa e passa por cima das frágeis promessas de um momento breve.

Na presença da amiga Mahe, que acabara de chegar de uma excursão ao sul para apresentações, logo deu com a língua nos dentes: pôs a amiga a par do ocorrido com o namorado na Bahia, dizendo-lhe que quase ficou "viúva" antes de casar-se, pela hesitação de Lobo em reagir. Maria Helena, lívida e chocada pelo que ouvira, logo após a saída da amiga, tirou sua Romi-Isetta da garagem e rumou ansiosa para a PF. Ao chegar, não deixou nem ser anunciada pelas recepcionistas: entrou decidida, sem aviso prévio, na sala do namorado, o qual, ao vê-la, abriu sorriso de surpresa e gosto; correu para abraçá-la. Foi recebido por beijos de posse e sofreguidão no rosto, mas logo seguidos de um tapa de média força na face. Perplexo, Lobo fitou as lágrimas que corriam pela pele macia e morena de Maria Helena. Sem palavra alguma, beijou-a na boca profusamente. Depois voltou à mesa, abriu a gaveta, pegou o maço de cigarro, tirou um para si, ofereceu outro para namorada e ambos fumaram em silêncio

— Então? — disse Lobo

— Então que fiquei sabendo o que você passou na Bahia.

— Coisas da profissão. Não se preocupe, já passou. Mas quem te contou?

— Não importa. Importa você estar vivo, aqui na minha frente. Mas foi por pouco.

Mais silêncio. Agora, embaraçante.

— Não devia opinar — prosseguiu Maria Helena —, mas você não pode hesitar diante de um criminoso. Um verme ladrão de minério dos índios, que ia te matar. Você não ia executá-lo, Lobo, ia se defender.

— Foi a Valquíria, né?, que certamente ouviu de Gusmão. Isso é sigiloso — respondeu Lobo em voz baixa, com ar de enfezado.

— Não sou fofoqueira. Sei guardar segredo, ainda mais de Estado. Mas, querido, você é muito especial para ir cedo. Muito especial para mim, muito mesmo.Sem esperar a resposta de Lobo, jogou-se em seus braços e o cobriu novamente de beijos de amor ansioso.

— Já almoçou? — perguntou depois Maria Helena.

— Não, ainda não.

— Então me acompanha?

— Sim. Merecemos uma tarde livre a dois.

Almoçaram no Virado à Paulista, tradicional restaurante da Mooca, e depois — a bordo, e apertados, da Romi-Isetta guiada pela leveza de bailarina — foram ao Pico do Jaraguá contemplar de longe a selva empedrada de São Paulo, passear de mãos dadas, tomar sorvete e cochilar juntinhos sobre a aconchegante grama do entorno do Pico.

Na volta, Maria Helena desviou do caminho e estacionou o carro numa fenda de trilha deserta que saía da estrada. Para a surpresa de Lobo, desnudou-se parcialmente, na parte de baixo, em seguida abaixou-lhe as calças. Em segundos, já faziam o amor convulsivo dos temerosos de fim e solidão.

1983

Ajeitou o paletó bege, do conjunto safari, cantarolando para si "Matriz ou Filial", olhou no espelho diante do balcão e aprovou sorridente a nova peruca preta-piche, com topete à direita. Pegou a larga carteira marrom com alça, acomodou-a debaixo do braço e já ia sair da farmácia para um cafezinho com vistosa morena, que conheceu em noite de gafieira, quando viu entrar o velho amigo Gusmão, dos tempos da Polícia Federal.

— Macacos me mordam se não é o Gusmão! O bonitão está mais magro, hein?! Deve ser o trabalho com o Lobo. O doutor te pôs na linha, né? — disse Epaminondas dando um fraterno abraço no amigo.

— Não é isso, meu velho! É que estou fazendo cooper e longas caminhadas. Decidi emagrecer. A dor no joelho estava ficando insuportável. Falta muito. Mas, mais magrinho, diminui um pouco a dor, além de eu ficar vistoso para o mulherio. E você, está bem?

— Bem totalmente, não tem como. A idade não permite mais. E aquele velho problema agravou-se.

— Mas que velho problema? Ah, os gases...

— Pois é, uma usina agora, sobretudo quando como repolho, que adoro. E ainda sobreveio, talvez por efeito deles, as hemorroidas. Um feijão assim — desenhou a forma geométrica no ar. — E caí na besteira de acreditar na propaganda do Zé Bettio. Passei o tal de Hemorredol. A coisa assou e piorou. Quer ver?

— Não, claro que não, Epaminondas. Vai num médico, meu! Você, dono de farmácia, acreditando nessas propagandas. Casa de Ferreiro, espeto de pau. Mas e o negócio, como anda?

— Ah, dá para viver. Desde que tive que me aposentar da PF, depois que falamos as verdades para aquele coronelzinho interventor, reuni umas poupanças, empréstimos e comprei este estabelecimento em sociedade com um amigo farmacêutico. Desde então, estou aqui. A concorrência das redes me esfola, mas vou resistindo. E, depois que fiquei viúvo, me ajuda ocupar o tempo.

— Bom, estava passando perto e resolvi rever o amigo para agradecer a minha indicação a Lobo. Vou aproveitar e levar um Gelol para quando o joelho incomodar demais.

— Pronto, está na mão. Ei, fecha essa carteira. Para o amigo é na faixa. Ah, Gusmão. Ah, naquele tempo você era Ferroni e iria longe não fosse esse joelho. Chegaria na Seleção.

— Ninguém sabe, amigo. Tinha muita gente boa. E a pomada vou pagar, sim, Epaminondas. Agora tenho algum.

— Faço questão. O cara que um dia, ainda que num jogo só, anulou o Rei, não tem que pagar nada. Você ganhou todas do "homem" naquela noite. Falo porque vi, eu estava no Pacaembu.

— Foi uma noite de sorte e ganhamos por 1x0 — lembrou o saudoso Gusmão de seu tempo de Ferroni e de uma distante noite no Pacaembu, na qual o Juventus da Mooca derrotou o implacável Santos de Pelé, com Ferroni eleito melhor em campo. — Mas então fica assim: dias desses, a gente sai para umas bramas e a conta será minha.

— Combinado. E dê um grande abraço no doutor... Puxa, ei, Gusmão?

— Darei, sim. Mas o que foi?

— Tive uma ideia. Acho que tenho um cliente para vocês.

— Mesmo?

— Sim, é meu vizinho de andar. Empresário da noite, dono de uma boate... digamos diferente, pros lados da Marquês de Itu, a Cro-magnon. Conhece?

— Conheço sim, mas nunca entrei não.

— Ele comentou comigo sobre o assassinato de três "entendidos" frequentadores da boate. Parece que está afugentando clientes e pondo terror nessa comunidade.

— Mas isso não saiu nos jornais, ao menos que eu saiba.

— Pô, meu amigo, cê acha que tudo que acontece sai em jornal, TV, rádio? Mas o Afanásio Jazadi já narrou sim um caso.

— Você tá certo. A maioria dos fatos não sai nos jornais. Não tem manchetes, nem textos. É só vida vivida. Ainda mais quando envolve pessoas estigmatizadas pela sociedade.

— Pois é, parece que a coisa foi bárbara, sabe? Com crueldade e desrespeito aos corpos. Nos três crimes, a mesma conduta. O que indica ser o mesmo assassino. Além disso, tais crimes causam prejuízos. Você sabe que a polícia não está nem aí, nem investiga. Posso indicar vocês para o meu vizinho? Vocês descobrem quem é esse assassino e o indicam para a polícia. Creio que seriam bem pagos. Meu vizinho tem muito dinheiro, oriundo de família tradicional, dona de terras em seus país.

— Não sei. Tenho que falar com Lobo. Te dou um retorno. Como se chama o empresário?

— Dom Manuel... Às vezes, na noite, Manuelita. É um argentino.

1963

O ano de 1963 chegou como tempo agitado no Brasil. O presidente Goulart, inconformado com a perda de seu poder para assumir em 1961, forjou um plebiscito sobre a forma de governo e foi vencedor, obtendo a plenitude dos poderes presidenciais. O pai de Maria Helena, como um dos assessores presidenciais para assuntos econômicos, colaborava na formulação das "reformas de base", um conjunto de projetos nas áreas de petróleo, bancos, remessa de lucros, reforma agrária, com viés nacionalista, buscando a maior soberania e inclusão social no desenvolvimento do país, o que provocou a reação da parte da elite que quer tudo para si — ontem, hoje e amanhã.

Além de sua carreira como bailarina progredir nos palcos e ganhar visibilidade no meio, Maria Helena, como militante clandestina do Partido Comunista Brasileiro, engajava-se cada vez mais nas discussões e militância política de esquerda, concentrada no meio artístico e de colaboração com a UNE, na tentativa de democratização social da cultura através dos CPC — Centros Populares de Cultura.

Lobo, por seu lado, se enfronhou cada vez mais na investigação do contrabando de ouro da reserva dos Pataxós. A duras penas, obteve autorização para instaurar inquérito sobre o assunto e conduzir as investigações, ainda que sem muito apoio e recursos. O material apreendido pela Aeronáutica foi-lhe remetido e o detetive passou a examiná-lo em suas minúcias.

Ainda em 63, Lobo saiu da casa dos pais, para desgosto e aflição da mãe, Dona Fernanda Maria Freitas Lobo, e alugou, na Avenida Paulista, no prédio Baronesa do Acari, um pequeno apartamento, próximo ao Casarão dos Fagundes de Gouveia. Dessa forma, se tinham dificuldades de estarem juntos durante os dias, em algumas noites da semana Maria Helena e Lobo ficavam juntos, depois de um cinema, de uma apresentação noturna da bailarina ou de uma esticada em boates, compartilhando pizzas e risos, assistindo a programas de fim de noite na TV, escutando abraçadinhos as músicas de LPs da Bossa Nova, como "Corcovado", proseando sobre um futuro comum ou dançando depois de umas taças de vinho a mais, corpo a corpo, boleros do mexicano Armando Manzanero, como "Voy apagar la luz", e rumando, nos avanços da madrugada, para o prazer alegre dos corpos fundidos.

Nesse mesmo período, cada um conheceu a família do outro, uma vez que já cogitavam casamento no ano seguinte. Lobo simpatizou com o pai de Maria Helena. Admirava seu otimismo com o país, sua inteligência exuberante, sua extensa cultura. Homem de diversos assuntos. Calmo, receptivo, sempre sorridente e educado no trato com os outros, fosse magnata ou faxineiro. Do que falava, indicava o porquê e a razão. Gostava de dar sentido às coisas. Um raro filho de oligarca que não puxou aos seus. Não tinha a empáfia costumeira dos bem-nascidos, poderosos e donos de tudo do Brasil.

Já a mãe, Mara Raquel, era oposta. A pompa exuberante dos que ascendem socialmente rápido demais, o desdém com quem não subiu, a indiferença com o que não entendia. Encobria a insegurança e os traumas do passado com a bebida, cada vez mais recorrente ao longo do tempo, a qual ia turvando a inegável beleza morena de corpo e rosto. De bom, tinha sempre o incentivo à autonomia da filha. Dizia que "a vida era dura para quem é mole, e mole para quem é valente". Isto lhe tirava a responsabilidade protetora de mãe e Maria Helena aproveitou tal ausência de forma autônoma, amadurecendo para a vida precocemente, disciplinada pelos rigores reiterados do balé, sabendo cuidar de si desde menina e não se contentando em ser uma mera garota rica e mimada.

O padrasto de Lobo, doutor Paulo Afrânio Guimarães, juiz federal de primeira instância, ostentava, além dos impecáveis ternos engomados de giz riscado, os óculos de aros finos e dourados, o anel vistoso de bacharel em Direito, a vaidade de se gabar como grande entendedor de vinhos e o ar superior dos sisudos de moral inatacável. Raramente sorria. Tratava friamente Lobo e, com secura crescente, a esposa. Não apoiou a decisão do enteado de entrar na Polícia por achar uma atividade, dentre dos operadores do Direito, menor e destinada aos medíocres, razão pela qual desprezava ainda mais o enteado, não bastasse o ocorrido na infância dele.

Dona Fernanda Maria Freitas Lobo era o contraponto de luz ao ar sombrio do marido. Carinhosa, amorosa, cheia de cuidados e posse doentia em relação ao único filho. Resistiu também muito à escolha profissional de Lobo, temerosa dos riscos inerentes à atividade. Se amparava fervorosamente na religião católica, na crença de proteção espiritual a Lobo, que lhe facilitaria os caminhos da vida.

Ao conhecer Maria Helena, tratou-a com a frieza e distância formais das possessivas. Manteve-se ciente, porém, da etiqueta social, sem esquecer por dentro que era a bailarina que lhe roubava o domínio do filho. Mas, com o passar do tempo, a resistência foi minando, pois percebeu na futura nora as qualidades que na sua já distante juventude ensaiara para si ao fugir do férreo domínio do pai fazendeiro, coronel Freitas, dono de extensas terras no noroeste paulista, para casar-se com o amor de sua vida e pai de Lobo: o jornalista Carlos Lobo.

Fora feliz, ainda que na escassez do tempo, como costuma ser a grande felicidade. Carlos Lobo contraiu tuberculose um ano após estarem juntos e morrera logo em seguida, no ano de 1938. Grávida e rejeitada pelo pai fazendeiro, viu no então jovem juiz Paulo Afrânio, que lhe fazia insistente corte ainda casada, a chance de dar sustento e alguma vida digna ao filho que iria nascer. Paulo Afrânio, sabedor tanto das origens familiares de Fernanda Maria como da sua condição, aceitou-a totalmente e com ela se casou sob o manto da discrição, após parto.

1983

— O senhor é mui educado, obrigada — disse o novo cliente dos detetives.

Gusmão, sem jeito, olhou para o parceiro Lobo na espera de socorro, mas sól recebeu um risinho discreto.

Como os detetives ficaram em silêncio — Gusmão por constrangimento, e Lobo por aguardar —, Dom Manuel prosseguiu a fala no portunhol típico dos latino-americanos radicados no Brasil.

— Primeiro quero mui agradecer os señores por me receber e acatar la indicación de Epaminondas.

— Não há de quê — respondeu Lobo.

— No, no, tieno que agradecer si. Poucos querem se envolver com assuntos de maricones.

— Para nós, só interessa os clientes, não o que são e o que fazem em suas vidas privadas — retrucou Lobo.

— Bueno, que bueno. Bueno, yo serei objetivo: usted sabem que hoy, além dessa praga, la Aids, que está matando os nosotros, há tambíen um tarado, um serial Killer, contra nuestra comunidade gay aqui de San Pablo. Já matou seis de nosotros. La aids é terrible, mas sabemos como evitá-la, ainda que muchos se neguem a fazer o que se debe: usar la camiseta, no compartilhar seringa e, ainda, solamente gobiernos puedem: controlar los bancos de sangre. Mas contra o assassino é difícil tambíen. Se infiltra entre nosotros, seduz, leva para cama e os assassina. É anônimo. Puede ser qualquer uno.

— Entendo. Mas pode ser mais de um assassino, e não necessariamente um assassino em série. O Brasil é muito violento contra os homossexuais. Há algo em comum entre as vítimas, além da orientação sexual? — perguntou Lobo.

— No sei. Há chicos e bichas mais viejas entre os muertos.

— Nada mais em comum?

— No, no... Ah, si, si, agora me recuerdo. El assassino deixa um lenço rosa na boca das vítimas. Amarra como esses bandidos de película del faroeste. Na noitche gay, o apelidaram de Pink Angel.

— Lenço rosa, amarrado no rosto como bandido de faroeste — pensou alto Gusmão

— Si, si, mi señor.

— Putz, Lobo, o lenço deve formar um triângulo. Um triângulo rosa. Era assim que os homossexuais eram marcados nos campos de concentração pelos nazistas. Triângulos rosas costurados nos uniformes.

— Entonces, um assassino com motivación ideológica? Um nazi? — perguntou Dom Manuel apreensivo.

— Calma lá, Gusmão. É uma hipótese apenas, Dom Manuel. É possível até, mas por ora não podemos confirmar nada. Só depois da investigação.

— Compreendo. La polícia pouco quer saber de nosotros e los crimes que nos envolvem. As investigaciones não abançam. Ficam em las gavetas. Esse terror tambíen assusta os clientes e precisamos pagar las cuentas de la boate, entendes? Entonce lo pienso que se descobrir lo criminoso, la Polícia tiene la obligación de prender. Por ora apenas uno caso saiu em la prensa. Bueno, enfim, que me hablam afinal?

Lobo refletiu por instantes, fitou Gusmão com a resposta no olhar e respondeu convictamente:

— Digo ao senhor que vamos pegar o Pink Angel.

Dom Manuel deu uma rápida cruzada de pernas, sorriu, acariciou a sua peruca arroxeada, piscou satisfeito para Gusmão e rematou:

— Assim que se habla um cabrón!

1963

Irrompeu voraz e impiedoso na sua busca por fim.

Depois de reclamar de incômodos na região estomacal à irmã Augusta, e por insistência desta que a acompanhou, Fernanda Maria foi ao médico. Feitos exames específicos, constatou-se: portadora de câncer de estômago, em estado avançado e terminal.

Aceitou seu iminente destino com resignação, o chamando de "desígnios do Senhor". Só o que afligia era o destino do filho. Nas últimas horas, chamou junto ao leito o marido Afrânio e a irmã Augusta e os fez jurarem que jamais contariam para Lobo o segredo da infância. Não uma só vez, mas por três vezes os obrigou a jurarem.

Lobo ficou atônito e chocado com a situação da mãe. Não acreditava que aquilo estava ocorrendo. Para ele, as mães deviam ser eternas, proibidas de morte. Não conseguia expressar a dor e revolta por meio de fúria, apenas por silêncio pesado e ausência. Nos três meses, velozes nos calendários e relógios, e eternos nas emoções e dores.

Maria Helena foi confidente e solidária com o namorado, e prática nos cuidados da futura que não seria sogra. Revezava com Augusta os cuidados de dia e noite da enferma. Dava-lhe banhos, trocava as roupas de cama, ministrava remédios atenuadores, a levava para tomar sol e ouvia, com certa apreensão, os pedidos da dona Fernanda Maria para que fizesse "o filho feliz".

Aproximou-se de "tia" Augusta, irmã de Fernanda, por afinidades ideológicas e de jeito de ser. A filha mais velha do coronel Freitas, que muito o desgostou pela rebeldia desde cueiros, adesão ao comunismo e solteirice convicta, também fora deserdada como a irmã. Militante do PCB por vinte anos, amiga de Pagu, de Oswald, de Prestes, de Jorge Amado, contava à Maria Helena, como meio de ludibriar por minutos a aflita situação, histórias e causos envolvendo esses grandes personagens da política e cultura brasileiras.

Com o padrasto Afrânio, Maria Helena não tinha muita interação, tanto por razões políticas, dado que ele era um udenista radical que odiava a esquerda, quanto pela luxuria cobiçosa que identificava nos olhares lânguidos que por vezes lhe lançava. O seu esnobismo tolo de classe média remediada, com louvores ao automóvel próprio, o saliente anel de formando de Direito e o suposto saber profundo sobre vinhos, seus cheiros, procedências e marcas, o tornavam aos olhos da futura nora uma mera figura medíocre e enfadonha. Também estranhava o distanciamento e frieza em relação ao sofrimento da esposa. Preocupado demais com medidas práticas referentes aos direitos futuros. Fez a esposa assinar várias procurações o nomeando como seu procurador e representante legal. Maria Helena, no entanto, racionalizou a postura de Afrânio e até apiedou-se por instantes dele, pois interpretou essa podia ser a carcaça inconsciente de proteção que o juiz usava para não cair no desmanche da dor.

O velório e enterro de dona Fernanda Maria fora feito no Cemitério do Araçá, em cerimônia discreta, poucos presentes, além dos familiares. Lobo, no silêncio dos chocados, e Maria Helena, na aflição dos compungidos, ficaram o tempo todo juntos e abraçados, secundados pela atenção e carinho dos amigos Gusmão, Valquíria e Epaminondas, os quais ofereciam o que se deve nessa hora de amargura: presença, silêncio e ouvidos.

Depois do ramerrão de ladainhas e rezas das carpideiras contundentes, e sermão de belas palavras do Padre Benedito, conhecidos da falecida, na hora de carregar o caixão, um senhor, septuagenário, até então despercebido aproximou-se e pegou uma das alças. O coronel Freitas, rachado de dor e lágrimas, fez questão de dar a mão pela última vez à sua querida Nanda, como tantas vezes fizeras nos passeios de infância dela pela enorme e abundante fazenda Tangará.

Reconhecido pela filha Augusta, pouco falou. Apenas disse que repararia seu enorme erro ao menos com ela e com o neto, sem que indicasse o meio pelo qual o faria. Os três choraram abraçados e, após o enterro, os dias seguiram.

Em decorrência dos tempos de dor, o coronel Freitas morreu, envolto na tristeza, no remorso, nos confins solitários de seu latifúndio, mas antes firmou em cartório seu testamento, legando à filha viva e ao Lobo suas imensas posses, ainda que eles ignorassem o fato. Ciente da decisão do sogro e encarregado de transmiti-la, Afrânio fez questão de omitir o assunto da cunhada e enteado, forjando uma procuração fraudada de ambos para representá-los e desviar-lhes a herança.

Maria Helena o instava a falar o que sentia, mas Lobo, introspectivo, trancado em timidez, tergiversava e acabava fechado em copas, enredado nas dores do luto. Ela tentou resgatá-lo do sombrio por meio da reiteração do amor e do futuro. Esse olhar para a frente era um meio também de ela superar o seu próprio estresse emocional dos últimos tempos. Propôs-se a casar. Sabia de que seus pais, liberais e modernos, não fariam oposição. Que sua carreira como bailarina, desde que de imediato não engravidasse, não sofreria restrição e então fez a Lobo a proposição, invertendo a tradição de ser o homem a tomar iniciativa de matrimônio. No íntimo, não fazia questão da cerimônia, mas pensou que o rito, com suas expectativas de espera, pompa, brilho, poderia puxar Lobo do pântano daquela tristeza entranhada.

Lobo concordou por concordar com o querer da noiva, sem muito atinar sobre seu significado. Importante era tê-la por perto, na retaguarda, com sua meiguice, alegria, franqueza, em namoro, noivado ou casamento. Obcecou-se com o trabalho e, em especial, com o inquérito do garimpo e contrabando de ouro na reserva pataxó da Bahia, o qual passou a ter devoção fanática na investigação para identificação dos criminosos.

Fixaram para abril de 1964 o casório. Um abril histórico para o Brasil. Um abril de triunfo e glória de poder para os vitoriosos. Um abril despedaçado para os milhões de derrotados.

1983

Entrou no escritório com o ar preocupado. Na sala do fundo, viu Lobo com os pés sobre a acanhada mesinha falando ao telefone. Ia puxar conversa, mas o detetive fez o universal gesto de silêncio com o dedo indicador tocando o nariz. Cumprindo a ordem do sócio, mas demonstrando impaciência, jogou o Notícias Populares do dia sobre a mesinha. O jornal escorregou entre as pernas de Lobo, que o pegou de imediato e leu a manchete:

Nova bicha estraçalhada. Pink Angel ataca novamente.

Lobo deu jeito de encerrar sua conversa telefônica com o gerente do Banespa, que lhe cobrava dívidas, e voltou-se para Gusmão:

— Putz, agora é público!

— A imprensa escrita até que segurou muito o assunto. Mas agora terá maior repercussão.

Depois de ler a reportagem com os detalhes macabros do assassinato, como a desfiguração da genitália da vítima e o lenço rosa amarrado em seu rosto, Lobo — com ar especulativo — disse ao sócio:

— A coisa agora muda de figura. O assassino é de alguma forma uma "figura pública", pois seu apelido foi divulgado. Sua existência foi atestada por jornal e tudo. Chegou, provavelmente, onde queria. Ampla divulgação das crenças pelo que faz. Sua vaidade ficará cada vez mais aguçada, o que o levará a querer matar mais e mais. É hora de agirmos.

— Lobo, pense bem, esse caso é muito perigoso! Não se trata de um mero adultério, briga de sócio, curiosidade de pais ou paradeiro de cachorro. Agora é um assassino, e ainda um *serial killer*. Alguém que mata fanaticamente e gosta disso, meu!

— Assim que é bom, Gusmão. O desafio é maior.

— Embora não tenhamos nenhuma descrição física dele, o que já é um grande problema, deve ser um cara forte: entre as vítimas havia caras que faziam musculação, não só gays de salão de beleza.

— Prometi a Dom Manuel que pegaria esse cara e vou cumprir. Além disso, a grana é muito boa. Ainda tenho dívidas, você não?

— Paguei algumas, mas, com essa inflação de 200 % ao ano, ainda tenho. Tudo caro. Gasolina, leite, pão, condução. Até as putas aumentam o preço da noite para o dia, ou na mesma noite.

— Libertino — disse Lobo rindo. — Engraçado que os militares diziam que iam combater a inflação de 100% do Jango, e agora está o dobro.

— Isso é... E ainda querem ficar no poder, sem um voto popular. Já estão há quase vinte anos. Passou de hora de voltarmos a eleger diretamente o presidente.

— Não sei se o próximo será direto, mas deveria. Quem sabe com uma campanha por eleições diretas a coisa ande.

— Eu sairia na rua apoiando. Sairia mesmo. Você vai ver. Mas, Lobo, voltando ao Pink Angel: como vamos pegá-lo?

— Com método e risco. Você fica com a execução do método, e eu com o risco. Fique tranquilo. Vamos começar: vá ao delegado Campos Flores e peça acesso aos inquéritos sobre os assassinatos.

— Ele pode se recusar a dar. Faz corpo mole em relação às mortes.

— Mas a situação mudou. E você vai mostrar a Campos Flores isto e convencê-lo a colaborar conosco.

— Como?

— Os assassinatos agora têm mídia. O assassino tem um nome. Tem luzes no palco. Campos Flores é um delegado dos porões. O governador Franco Montoro é comprometido com direitos humanos. Insinue a Campos Flores que, se ele resolver esses assassinatos, ganha notoriedade e muda a imagem negativa que tem junto ao governador. Ganha prestígio e sobe degraus na carreira.

— Tem lógica, tem lógica. Fora que também o homem é vaidoso — respondeu Gusmão.

— Elementar, meu caro Watson! A vaidade é roda que move a nós todos — finalizou Lobo, dando uma tapinha no ombro do velho amigo, que riu concordando.

1964

Por ordem do delegado Lobo, no início de 64, os agentes policiais Gusmão e Epaminondas foram designados para uma investigação de campo na joalheria Eternos Diamantes, na Barão de Itararé, para observar o movimento. Gusmão, com a cumplicidade do parceiro de ação, não contou ao chefe que iria levar a namorada Valquíria Bentes para simular um casal milionário interessado na compra de brilhantes e joias para madame Bentes, enquanto Epaminondas, postado num mezanino de uma pastelaria de um amigo chinês, em frente à loja de joias, tiraria fotos de quem entrava e saía, após disputar renhidas pelejas por espaço com baratas, moscas e formigas saídas das garrafas vazias e empilhadas, armazenadas no espaço.

Valquíria inspecionou quase todo o estoque de joias, experimentando e reexperimentando anéis, brincos e correntinhas, fazendo uma infinidade de perguntas, na arte de procrastinação feminina quando em compras, dando tempo a Gusmão para que ele observasse a loja, suas instalações e sobretudo ação e falas de funcionários e clientes. Já estava convicto de que a joalheria era um mero estabelecimento comercial qualquer e que a hipótese do chefe não tinha procedência. Parado na porta, a fim de que fossem embora dali, aguardava que a namorada finalizasse a encenação quando o homenzarrão bigodudo, de chapéu enterrado na grande cabeça grisalha, lhe esbarrou e o jogou contra a parede. Atônito com a contundência do encontrão, Gusmão esperou do desconhecido um pedido de desculpas que não veio.

Irritado, passou a observá-lo com redobrada atenção. Viu que se encostou junto ao balcão envidraçado e observou quando recebeu do gerente da loja, enquanto cochichavam baixo em língua estrangeira, um envelope pardo. Curiosíssimo sobre seu conteúdo, ao ver que o homem vinha novamente em sua direção rumo à saída, reviveu os tempos de entradas vigorosas em atacantes, quando era zagueiro viril do Juventus. Esbarrou com contundência no cliente, fazendo com que o envelope caísse abruptamente e seu conteúdo de cédulas de dólares, cruzeiros e um passaporte ficassem visíveis.

— Perdão, meu senhor. Deixe ajudá-lo — disse Gusmão agachando para juntar o dinheiro e documento dispersos.

— *No, no, no, no perrecisa* — respondeu nervosamente o estranho em forte sotaque de alemão contrariado.

Como Gusmão insistisse e o olhasse bem próximo e fixamente para suas feições, o homenzarrão, arrancando os dólares das mãos do policial, proferiu um xingamento em alemão e saiu lépido da loja. Gusmão voltou-se para a lividez no rosto do gerente, que veio todo solícito perguntar se estava tudo bem.

— Sim, foi apenas um esbarrão naquele estranho e mal-educado senhor — disse Gusmão observando o sorriso compreensivo do gerente, o qual se convenceu, aliviado, de que Gusmão não passava de um ricaço educado, mas um tanto trapalhão.

O Café Viena, na Barão de Itapetininga, outrora palco de encontros de modernistas, estava cheio naquela tarde ensolarada e calorenta de março de 1964, mas Gusmão conseguiu ter seu sinal de quatro visto pelo diligente garçom Juvenal. Decorridos alguns minutos, os quatro chopes, com impecável colarinho, foram postos suando sobre a mesa.

Valquíria Bentes deu um gole, um trago no cigarro e provocou Maria Helena:

— Então, Mahe, vai ter golpe?

Maria Helena fez cara de contrariada e silenciou. Gusmão respondeu:

— A coisa está caminhando para o impasse. As reformas de base do governo são rejeitadas pelos empresários e pelo Congresso, mas têm o apoio dos sindicatos. Já os militares...

— Os militares deviam ficar nos quartéis, cuidando das armas — cortou a bailarina impaciente.

— E você, Lobo, o que acha?

— Eu? Não sei, não acho nada. Não sou afeito à política.

— Esse é seu problema, Lobo. O país pegando fogo e você não sabendo de nada, não opinando sobre nada. Só enfurnado em seu trabalho e no... — calou-se, arrependida do que começara a falar.

Lobo fitou a namorada com olhar de revolta, tentou verbalizar a ira, mas também se conteve. Nervosa, Maria Helena abandonou a mesa e saiu para a rua. Lobo foi atrás.

— O que está acontecendo, hein, Mahe? — perguntou

— O que tá acontecendo? — respondeu com ar de indignação. — Você está falando de nós ou de país?

— De nós, Mahe, de nós. O Brasil se resolve por si.

Maria Helena lacrimejou. Acendeu um cigarro, olhou em volta e fixou seus determinados olhos de jabuticaba nos plácidos azuis-a-cinzentados de Lobo. Desatou:

— Daqui dois meses nós vamos nos casar, não sei se você se lembra ainda. E só eu que estou providenciando as coisas. O senhor delegado — falou com certo deboche — sempre está ocupado, sem tempo e impaciente para as coisas prosaicas da vida. E cada vez mais ausente e distante de mim. Só lhe interessa suas misteriosas investigações...

— É meu trabalho.

— Então parabéns, doutor, parabéns pela dedicação. Ocorre que há um mundo fora do seu trabalho. Há gente passando fome, há gente sem terra, há gente sem trabalho.

— Não me venha com esses discursos de político.

— Discursos? Você quer se alienar da vida e de mim, tudo bem, querido, mas eu não! Você não está vendo onde isso vai parar?

— Não. Onde? Me explique com sua visão clarividente de raio-x.

— Vão dar um golpe no Jango. Vão implantar uma ditadura dizendo que vão "salvar a democracia". Será um horror.

— Querida, você é exagerada. Pode ter uma confusão aqui, ali, umas brigas de militantes nas ruas, mas depois as coisas se resolvem. No Brasil, tudo acaba em pizza! E você há de convir que o Jango também só provoca...

— Ah, o Jango só provoca? Então dividir riquezas e aumentar as oportunidades são provocações? Meu caro, então na hora H você ficará com os golpistas? Vai abandonar o ar blasé e prestar serviços técnicos de prender comunistas. Será bem útil. As ditaduras precisam de especialistas. Enfim, encontrou sua razão de viver.

— Eu? Eu não, meu bem! Você sabe que detesto política. Sou um mero funcionário público. Dos políticos, fico com ninguém.

— É isso, Lobo. É isso, então. Você fica com ninguém. Eu, meu pai, meus companheiros temos que nos cuidar por nós mesmos, pois seremos alvos. E sabe por quê? Porque pessoas como você, os Pilatos, na política — e pelo visto também no amor, né, Lobo? — "ficam com ninguém" — encerrou a fala amarga e indignada, olhando fixamente para o então noivo, reparando no silêncio derradeiro e em como a beleza do amado é maior quando o perdemos. Lobo ainda protestou, dizendo "eu te amo, Maria Helena", mas ela já atravessava a rua em direção à sua Romi-Isetta azul, à casa, ao futuro, à ausência de anos.

Diante da imensa vidraça da sala de trabalho, enquanto tragava nervosamente o cigarro, fitava absorto os inúmeros prédios enfileirados do centro de São Paulo, gigantes silenciosos de pedra, madeira e ferro que abrigam os formigueiros humanos de conformados funcionários de escritórios e cansados moradores de acanhados apartamentos.

"Será que a Mahe está me deixando?", perguntou-se. "Não, não é possível isso. Ainda mais por bobagens de política... Ou será por causa do que ela diz ser 'minha frieza e distanciamento' nos últimos tempos? Será que nos desencontramos tanto assim e eu não me dei conta?" Na ânsia costumeira por respostas esclarecedoras e lógicas, preferiu pensar que a fase de estranhamentos recíprocos ia logo passar, que Jango acabaria seu mandato, que não haveria golpe algum e que a vida seguiria. Que em dois meses estaria casado com uma mulher admirável ao seu lado. Teria filhos com Mahe e envelheceria ao lado dela, tomando chá numa noite fria e falando alto um para o outro, devido à surdez da idade, para que aumentasse o som da televisão.

Que depois de dez dias sem o ver, Maria Helena, como fizera tantas vezes naqueles dois anos e meio de relacionamento, entraria madrugada adentro no Baronesa do Acari, subiria de elevador até o oitavo andar, esticaria o vestido, ajeitaria seus cabelos, tiraria a cópia da chave de sua bolsa, abriria a porta do apartamento e, depois de despida na penumbra do quarto, entraria com a leveza e suavidade de bailarina que era pelos lençóis e o despertaria com a mão macia e quente por meio de luxuriosas carícias em seu sexo e beijos longos e úmidos de ânsia em sua boca por reencontrar o que é seu. Fariam o intenso e barulhento amor habitual, de gemidos altos e rangeres de cama, dormiriam abraçados em concha até que a claridade impertinente da manhã os acordasse. Maria Helena tomaria seu banho e, feito a primeira vez que ficaram juntos, zombaria rindo que "não preciso das brancas toalhas felpudas. Tenho um Lobo muito mais felpudo para me enxugar", e assim fariam mais amor e se atrasariam, por boas razões, para os compromissos do dia.

A porta rangeu e Lobo acordou do devaneio mesclado de memória e desejo. Uma vez aberta, Gusmão entrou segurando uma *Cruzeiro*, com sarna na língua para relatar a operação de campo na joalheria.

Sem dizer sequer bom dia, abriu a revista sobre a mesa do chefe e sinalizou uma foto em preto e branco. Lobo, após observar atentamente, disse:

— Eu sei quem é esse, Gusmão, mas essa é uma foto antiga. O quê que tem?

— E essa aqui, recente, o que diz?

Lobo examinou com atenção a foto avulsa diante de si. Incrédulo no que via, as comparou em seguida com a lupa, retirada da primeira gaveta. Ao fim, fitou Gusmão, perplexo.

— Eu o vi, Lobo, eu o vi na joalheria...

— Não pode ser. Já deve ter morrido. Está desaparecido há tantos anos. São só pessoas parecidas. Ainda que com muita semelhança.

— Fiquei rosto a rosto com ele. Claro, está mais velho, com cabelos grisalhos, bigode espesso. Mas, assim que o vi, lembrei dessa foto da Cruzeiro e, apesar de várias fotos ilegíveis, essa aqui que Epaminondas tirou por último está perfeita. É ou não?

— Tá é muito parecido, sem dúvida, mas aí você o ouviu falando português italianado do Bexiga e...

— Não, não, Lobo. Falou comigo em português contorcido de alemão nervoso.

— Não pode ser, Gusmão, não pode ser...

— É ele, meu! Tenho certeza. A joalheria é um ponto de apoio de nazistas foragidos. É uma linha de rato.

— Você pode estar se precipitando, amigo, calma lá. Isso seria uma bomba.

— Não estou, não. Ele foi lá para pegar um envelope, que eu o fiz derrubar no chão com um encontrão, feito os tempos de zagueiro, e logo se esparramou dólares e cruzeiros. Repito: eu o vi face a face. É ele! Tenho certeza!

Diante das palavras convictas do amigo e subordinado, Lobo passou a maquinalmente planejar as ações subsequentes. De imediato, distribuiria a foto recente que Epaminondas tirou para aeroportos e rodoviárias nacionais e postos de fronteira da polícia rodoviária do estado de São Paulo, mas identificando o foragido como "perigoso traficante internacional de drogas" — para que não houvesse vazamento da busca. Paralelamente, pediria autorização judicial para grampear o telefone da joalheria. Após anunciá-las a Gusmão, ele exultou otimista:

— Vamos pegar esse filho da puta assassino e os comparsas dele daqui, Lobo. Israel vai nos condecorar!

Lobo riu irônico por dentro do exagero otimista de Gusmão, mas acalentou a esperança de que ele estivesse certo. Um assassino de massas como aquele, ainda que fugisse como o rato que era, não poderia ficar impune o resto da vida. Prendê-lo era o mínimo que se poderia fazer para honrar a memória de suas milhares de vítimas. E seria um grande feito para o Brasil e para a Polícia Federal. No entanto, quando viu que Gusmão já ia sair para chamar o retratista, Lobo o interpelou:

— Mas mudando de assunto, Gusmão. O que você acha que vai acontecer na política? Digo, com o Jango. Va ter golpe mesmo?

— Como disse domingo, a coisa está meio radicalizada, né? Há militar doidinho para "desembainhar a espada". O Lacerda cada vez mais põe fogo. Não sei, está meio imprevisível.

— Mas, se houver algo, seremos afetados?

— Não creio. Somos policiais, e não partidários do governo A ou B. Nossa carreira é de Estado. Mas golpe é golpe. Não creio que venha da esquerda, mas sim da direita, pois ela tem muito mais recursos. Tem as religiões, as TVs, os jornais, militares assanhados e armados. Se houver, os esquerdistas passarão maus bocados. Mas vão manter as eleições presidenciais de 65 e aí, meu amigo, nosso JK volta com tudo e a coisa se acalma.

Ao ouvir a opinião de Gusmão, Lobo pensou em Maria Helena. "Por que fariam mal a uma burguesa de família quatrocentona e bailarina de certa fama? Só por causa de professar meia dúzia de juvenis ideias radicais? E ao pai? Um afável professor e diplomata? Essa história de golpe é besteira", encerrou as ruminações, enquanto jogava no lixo a folhinha do calendário de mesa, já vencida, do dia 24 de março de 1964.

— Comandante, o gringo está nervoso. Na última vez que veio aqui, esbarrou num cliente e deixou cair um monte de chá. Disse que ia precisar de muito, muito mais. Devo fornecer?

— Claro, idiota. O que ele pedir! O que ele pedir! Ele tem que ter confiança na gente.

— Mas...

— Faça o que mando. O doutor se sente inseguro. Acredita que é melhor sair do país. Voltar para a Argentina. Tem traumas. Medo de ser pego. É um pobre homem perseguido.

— Mas foi na Argentina que pegaram o...

— Pois é... Por isso, para mantê-lo conosco, vamos fornecer o que ele pedir. Ele precisa de tranquilidade para desenvolver seus estudos e experiências científicas.

— Compreendo, comandante, mas se ele for mesmo?

— Eu estou monitorando. Ele não vai sumir. Daqui uns dias, o ambiente será bem mais seguro para ele. Você vai ver. O doutor é um símbolo valioso da nossa causa. Um dia, poderá voltar circular livremente, mas por ora não é aconselhável. Vou combinar com ele que você o encontre. Ainda há em estoque o chá?

— Muito ainda, comandante.

— Bom, muito bom. Leve um pouco mais a ele, só para custeio de despesas de dia a dia.

— Mas onde?

— Anote: Avenida Santo de Junho-ano-Cristo.

— Santo? Ah, entendi comandante. Perfeito. Heil!

— Heil!

Gusmão tirou os fones do ouvido, fitou com olhos de indagação ansiosa a Lobo, que também ouvira a conversa grampeada e a transcrevia.

— Então, Lobo, acredita agora que é ele?

— Parece que sim.

— Parece? Porra, amigo! Você é um eterno cético. Mas quem será esse tal comandante? Certamente deve ser o líder da organização, ainda que tenha essa vozinha de criança mimada. "Voltar a circular livremente." Esse monstro, não. Esse tem que ser enjaulado!

— Sim, o tal comandante deve ser o líder ou um dos. Isso vamos descobrir. Vamos intimar a companhia telefônica a fornecer o número da linha que fez a chamada para a joalheria. Ainda bem que a decisão judicial que autorizou a escuta também permitiu a quebra do sigilo telefônico de quem ligasse para ela. Redija para mim o ofício pelo qual vamos requisitar as informações à companhia telefônica. Forneça todos os detalhes: o número da linha da joalheria, o horário da chamada, o tempo de duração, o dia etc. Não esqueça dos detalhes, Gusmão. Eles que fazem a diferença.

— Pode deixar, chefe!

Gusmão saiu lépido em direção à máquina de escrever. Com cigarro aceso no canto da boca e com dedos de rapidez, concluiu o ofício. Colheu a assinatura de Lobo e, de viatura oficial, foi levar a intimação.

Depois de duas horas, retornou à sala do chefe, com ar circunspecto, de preocupação agravada. Postou-se de pé, diante da mesa, em silêncio.

— O que foi, Gusmão? Que cara é essa?

— Obtive a resposta, ainda em caráter informal. Daqui uns dias, vão enviá-la oficialmente.

— Mas isso é ótimo! — disse Lobo esfregando as mãos. — Então já sabe qual o número da linha?

— Sei — esticou a mão com papelzinho e entregou a Lobo.

— Aqui só tem o número. Já checou de onde é?

— Sim, Lobo — franziu a testa. — E disse baixinho o local.

— Gabinete do Comando do Segundo Exército?! Meu Deus, o que é isso? Será o próprio Comandante?

— Impossível ser ele, Lobo. Esteve na Itália com a FEB combatendo os nazistas. É amigo do Jango. Não é ele, certamente. Mas é alguém que serve em seu gabinete. Vamos grampear as linhas do Gabinete do Comandante?

— Não precisamos, para o que interessa mais neste momento. Enquanto você saiu, decifrei a toca do rato. Sei onde é.

— Onde? — perguntou Gusmão com ensaio de taquicardia no peito.

— Amanhã, saberá. Se apresente a mim, junto com o Epaminondas, às 7h da manhã. Ah, reserve uma viatura para nós e venham armados.

— Você vai me fazer segredo. Não sei se aguento, Lobo.

— Aguenta sim, amigo. É para a segurança de todos. E bico calado daqui em diante. Nem para o Epaminondas diga a natureza da operação.

Gusmão deixou a sala com misto de frustração e felicidade, por não saber ainda o endereço do procurado tão famoso, e alegre com a perspectiva de capturá-lo em breve, na esquina seguinte do tempo.

Um dia que passa para a História é antes um dia comum, feito outros. Com amanhecer, entardecer, anoitecer. O que o distingue são os feitos. São portas abertas pelos povos a partir das quais novos caminhos são trilhados. Uns belos, aprazíveis, prósperos; outros tristes, pesados, sombrios.

Ainda antes que a aurora se insinuasse, Gusmão, agitado e ansioso, já estava de volta à PF, entrando na sala de seu chefe, que já estava presente. Dormira no próprio gabinete de trabalho. Em pouco tempo, Epaminondas também chegou, trazendo nas mãos uma garrafa térmica com café. Após a indicação, os dois subordinados se sentaram defronte de Lobo para ouvir suas instruções. Gusmão, cada vez mais inquieto, não parava de cruzar as pernas.

— Bonitão, sossega o facho — disse rindo Epaminondas.

Lobo ia concordar com Epaminondas quando observou que Gusmão não colocara a meia esquerda no pé. Com o dedo, sinalizou ao amigo.

— Ih! Esqueci de pôr a meia esquerda, mas pode deixar: eu tiro a outra também.

Conhecedores profundos dos aromas ludopédios de Gusmão, Lobo e Epaminondas foram enfáticos em impedir a ameaça do parceiro.

— Pode deixar, Gusmão, pode deixar. A barra da calça cobre seu pé, ninguém vai ver — disse um persuasivo Lobo

Epaminondas, por seu lado, usou a tática de mudar de assunto e enterrar de vez o espectro aromático do pé do colega de trabalho.

— Então, chefe, o que faremos hoje? Quem é elemento?

— Um fugitivo internacional — Lobo respondeu baixinho.

— Desses de filme?

— Não, Epaminondas, é de vida real mesmo! — se intrometeu no diálogo um Gusmão enfático.

Lobo esticou sobre a mesa a foto do alvo da captura para que Epaminondas olhasse.

— Mas este... não é o cara que fotografei numa joalheria dias atrás? Ele é mesmo importante?

— Demais, demais — respondeu um convincente Lobo. — Bem, senhores, o que lhes peço é discrição, atenção, concentração e firmeza. Nosso alvo já tem certa idade, mas tem a vantagem de ser inescrupuloso e pode nos surpreender. Prontos?

Os dois subordinados responderam afirmativamente, baixando e levantando a cabeça. Em seguida, os policiais se dirigiram para a garagem do edifício e ingressaram no Gordini preto 63 da PF. Conduzido por Epaminondas, o carro logo percorria as ruas ainda desertas e preguiçosas do centro de São Paulo. Pelo caminho, Lobo até estranhou a quantidade de bandeiras do Brasil penduradas alguns apartamentos, casas e estabelecimentos comerciais, mas preferiu se concentrar na operação que estava prestes a liderar do que comentar o assunto com os companheiros.

Em sua cabeça, estabelecia o roteiro: prisão do alvo, translado deste para a Superintendência da PF, comunicação da operação às instâncias superiores e à Interpol, convocação de repórteres para entrevista coletiva à imprensa. Só hesitava a respeito de telefonar para o Consulado de Israel. Talvez fosse melhor o Itamaraty tratar disso, mas sem dúvida que a repercussão da prisão teria enorme impacto internacional. O Brasil seria bem-visto por milhões e a Polícia Federal brasileira provaria de vez seu valor.

Numa das curvas, sua carteira deslizou do console e caiu aberta no assoalho do carro. Quando a pegou de volta, viu a foto de Maria Helena num palco, plena, leve e sorridente. Emocionou-se e prometeu a si que, finalizada a operação, Maria Helena voltaria ser a prioridade número um de sua vida. Para sempre.

Quando Epaminondas já diminuía a velocidade do veículo para estacionar junto ao meio-fio da Avenida São João, diante do prédio onde estava o alvo da prisão, Lobo viu passar na faixa oposta da via um jipe militar, no qual três militares conduziam um civil. Cutucou Gusmão para que visse também a cena e ele, de imediato, berrou para Epaminondas para dar a volta e seguir a viatura militar.— É ele, porra. Tão levando o filho da puta! Acelera, cara, acelera — gritou Gusmão enquanto sacava do coldre o .38 Taurus.

Lobo, atordoado pela mudança de rota, mirou seu olhar para o "paisano" conduzido e este, voltando costas e cabeça para trás, lhe devolveu com olhar azulado, irradiando a zombaria e o desdém dos inatingíveis, também observados por Gusmão.

— Eu vou atirar nesse nazi filho da puta!

— Calma, Gusmão, calma. Vamos fazer da forma correta. Temos um mandado judicial.

Gusmão, por segundos, se apiedou da ingenuidade do chefe. Epaminondas acelerou feito um Fangio e emparelhou o carro com o jipe, mas este redobrou a velocidade e ganhou alguma distância, sem que, no entanto, fosse perdido de vista. Já estavam no início da Avenida Paulista quando, em razão de um congestionamento à altura do cruzamento com a Augusta, Epaminondas conseguiu, com rápidas costuras de faixas, ficar bem atrás do jipe, encostando o para-choque do Gordini nele. Gusmão saiu do carro com a arma em punho e Lobo, aflito, logo o seguiu. Quando se aproximavam, o militar que se distinguia dos dois soldados pelo uniforme de oficial e grossos óculos escuros lhes apontou uma metralhadora.

Lobo hesitou. Aquele resto de rosto descoberto, de dura feição, não lhe era estranho. Já tinha visto antes e lhe provocou um calafrio, ainda mais por lembrar que esquecera sua arma no carro. Mas não em Gusmão, que, nada intimidado, não tinha dúvidas sobre o que fazer. Estava já tocando no ombro do alvo quando foi interrompido por empurrões e gritos de uma multidão que ganhava a avenida, com bandeiras do Brasil e faixas contra Jango, o comunismo, a URSS, Cuba, e passara a saudar os militares do jipe como heróis de uma guerra que não houve. Lobo ainda viu o sorriso sarcástico que o oficial lhe dirigia à distância enquanto era cada vez mais deslocado, junto com Gusmão, pela maré dos manifestantes exaltados.

Foi a duras penas que conseguiram voltar para a viatura, entrando ambos com o silêncio amargo dos frustrados.

— Pelo visto, deu certo — disse Epaminondas pensando alto.

— Como deu certo, Epaminondas? O desgraçado foi salvo por seus comparsas — retrucou nervoso Gusmão.

— Não me refiro a isso, e sim à Revolução.

Lobo, ainda vertiginado pelo que a pouco ocorrera, a multidão, as bandeiras, as faixas, os empurrões, os gritos histéricos que cruzavam o ar, o rosto sinistro do oficial, perguntou atônito:

— Que Revolução, Epaminondas? Que dia é hoje? É algum feriado?

— Doutor, hoje é 1º de abril de 1964. O senhor não ouve o *Repórter Esso*? O acontecido foi o seguinte: um general amalucado de Juiz de Fora saiu ontem à tarde com a tropa para depor o Jango. Pelo visto, teve apoio e conseguiu. Só não sei se feliz ou infelizmente. Aí, só o tempo vai nos dizer...

— Infelizmente. Começou mal — maldisse Gusmão, revoltado. — Essa turba... Olha lá o sujeito enrolado na bandeira, com terço na mão, beijando o asfalto e aquele batendo continência para o poste de luz! Pois bem, essa turba acabou frustrando nossa operação e isso fez que aquele assassino se safasse.

— Mas, Gusmão, parece gente de bem, patriota — respondeu Lobo, ainda impressionado com o alvoroço verde-amarelo da multidão extasiada.

— É de bem mesmo, Lobo, bem mesmo, bem idiota! — retrucou Gusmão cada vez mais colérico.

A bela comissária de bordo, de olhos de mar, anunciou aos passageiros com voz embargada, ciente de que aquele era o último voo da companhia aérea cancelada pelo novo regime militar, que levantassem as poltronas e afivelassem os cintos, pois o voo Panair 454 São Paulo-Paris estava prestes a ser iniciado. O avião boeing já taxiava na pista quando Maria Helena olhava para a janela de seu assento, sem ver as tristes gotas da garoa insistente que caíam sobre o visor. Olhava para dentro de si, em uma imersão introspectiva cheia de dúvida e perguntas. Fazia o certo ao deixar o país? Seus camaradas, como ficariam? Isso não era covardia? E Lobo, seu grande amor, perdido em obsessões de trabalho para não lidar com seu abismo interior, um dia teria de volta? E a mãe alcoólatra que se recusou terminantemente a acompanhar o resto da família?

— O que passa nessa cabecinha que te leva tão longe antes mesmo de decolarmos?

Maria Helena pousou a mão branca, pequena e tenra, sobre a mão envelhecida e enrugada do pai, antes de responder, perguntando:

— Foi melhor assim? Não haverá resistência?

— Não haverá, filha. O próprio presidente me aconselhou a sair. As Forças Armadas lideram o golpe, com apoio de empresariado, do clero, da imprensa, da direita política e retaguarda americana. Seria inútil resistir. "Jorraria sangue de brasileiros inutilmente", foi que ele me disse. E está certo.

— Mas, papai... não sei. Podia-se fazer uma greve geral.

— Não duraria muito, querida. Todo o aparato repressivo está com os golpistas.

— Mas será certo fugir?

— Não estamos fugindo. Estamos nos preservando. Seríamos presos de imediato. Eu, por minha ligação com o presidente, e você, por ser famosa comunista. Mas eles não serão eternos. Nossa obrigação agora é existir.

— E a mamãe?

— Sua mãe não quis vir, né? Preferiu ficar com o vício.

— Não seja maldoso, papai.

— Não sou. Tentei de tudo, mas ela não quer sair disso. Vício é um labirinto: uma vez dentro, não se acha a saída. De qualquer forma, acredito que não será incomodada pelos poderosos de plantão. Não passa de dondoca alienada.

Mahe, de tão angustiada, nem notou que não sentira o tradicional medo e frio na barriga quando avião, em potência máxima nos motores, decolou. Voltara para o que a obcecava: a partida do país, deixar amigos, a carreira, a mãe, o casamento não consumado para trás, sem saber ao certo por quanto tempo tudo isso seria e o que o futuro, essa esfinge impassível, lhe reservava. O consolo era a serenidade e firmeza do pai. Sua clarividência sobre os acontecimentos em curso e o que devia ser feito naquele momento de angústias, tensão e rupturas. Outro alento foi a mensagem do Partido lhe transmitida, pouco antes da viagem, para que saísse mesmo do país e denunciasse no exterior o golpe de Estado que ocorrera no Brasil. Sua partida, assim, também significava uma missão política, amenizando a conjectura temerosa de que sua decisão fosse um mero ato de egoísmo covarde.

Os jipes militares, feito carruagens romanas em triunfo, ocuparam ostensivamente as poucas vagas de estacionamento reservadas às viaturas da PF. Epaminondas, já irritado, suava em bicas à procura de alguma brecha escassa para estacionar o Gordini enquanto Lobo e Gusmão subiam pelo elevador à sala do primeiro.

— Nunca mais pegaremos essa facínora, nunca mais — disse Gusmão, revoltado.

— Calma, Gusmão, vamos traçar nova estratégia.

— Lobo, você não percebeu? Está com proteção de gente do Exército, que sequer sabemos quem é e deu um golpe de estado no país. Agora, são os poderosos de plantão.

— Eu entendo, Gusmão. Mas veja: é uma linha de rato, infiltrada dentro do Exército, financiada com contrabando de ouro e com a missão de proteger nazistas foragidos. Não creio que as autoridades militares, a partir da ciência do fato, queiram ser coniventes com isso. Vão nos ajudar, certamente, a desarticular essa quadrilha e a prender esse e outros criminosos de guerra protegidos por essa organização. Que governo não gostaria de ter esse triunfo? E como você me disse várias vezes: "O Brasil combateu o nazifascismo na Segunda Guerra".

— Você está otimista demais, meu amigo, oxalá esteja certo... Mas que prova temos?

— A voz gravada do provável chefe da quadrilha e sabemos também que serve no gabinete do comandante. Agora precisamos da colaboração do Comando do II Exército. Esse elemento infiltrado foi quem lhe apontou a arma, Gusmão, certamente.

— Provavelmente. Mas só o vi de relance, não consegui fixar seu rosto.

— Só lembro dele sorrindo sarcasticamente para nós enquanto a multidão nos distanciava dele. Me lembrou o camuflado da Bahia... Mas vamos ver quem ri por último — disse Lobo para um incrédulo Gusmão.

Assim que o elevador parou no andar e os dois policiais desceram, se depararam com um soldado armado guardando a sala de Lobo. Perguntaram ao militar a razão daquilo, mas ele só sabia receber ordens, e não as explicar.

— Eu não sei, doutor, me mandaram ficar aqui, então eu fiquei, sô.

— Entendo. Por favor, se afaste, pois vamos entrar na nossa sala.

— Ah, isso eu não posso, não. Me mandaram não deixar ninguém entrar.

Lobo fitou o rapaz. Baixo, branquelo, quase sem dentes e queixudo, segurando sofregamente uma espingarda, na flor da juventude recrutado para servir a pátria sem saber bem a razão. Até se apiedou, mas Gusmão — já impaciente — afastou o soldado com uma barrigada, liberando a entrada. Sem saber o que fazer, o soldado voltou-se para os dois, bateu continência, fechou a porta e rumou para a garagem. Vasculharam a sala. Em pânico, Gusmão, após abrir o arquivo confidencial, gritou:

— Levaram tudo! Olha aqui, tudo vazio!

Lívido, Lobo abriu os demais arquivos, os armários, as gavetas da mesa e constatou a ausência de inúmeros documentos.— O inquérito do ouro dos Pataxós?

— Levaram tudo — respondeu Lobo. — Mas desse eu fiz cópia, inclusive as interceptações telefônicas.

— Menos mal — respondeu Gusmão aliviado.

Ouviram som de carros barulhentos e fumacentos e foram à janela. Constataram que quatro jipes militares, carregados de documentos, saíam em comboio do estacionamento. Pensaram em correr, mas a entrada de Epaminondas na sala os distraiu.

— Demorei por causa de quatro jipes do Exército que ocuparam as vagas das nossas viaturas. E...

— E o quê, Epaminondas? Você os viu? Falou com eles? — perguntou Lobo, ansioso.

— Não falei com eles, doutor. Bem... vi que eles levaram o Varela, preso.

— Preso? Meu Deus! Quem são esses militares?

— Eles? Eles são o poder do arbítrio — respondeu Gusmão a Lobo.

1983

Latejava sem parar e, aguda, era dama impiedosa desfilando pelo cérebro. Daí, assim que entrou no escritório, correu para o frigobar, pegou umas pedras de gelo, as quais colocou dentro de saquinho plástico de supermercado, improvisando uma oportuna bolsa de gelo sobre o topo da cabeça. A noite foi longa, iniciada no Lira Paulistana, Teatro de Porão da Praça Benedito Calixto, em Pinheiros, no qual foi assistir e conhecer a irreverente banda Língua de Trapo, sensação musical do ano. Depois de muitas risadas, esticou com amigos a noitada no boêmio bairro do Bexiga, pelos barzinhos de classe média inicialmente e depois, já sozinho, pelos botecos do povo. No último, conheceu um sujeito exótico, boquirroto, lentes esverdeadas de fundo de garrafa, fumante inveterado, metido a astrólogo, que explicava "a crise do sistema mundial" pelo desalinhamento dos astros, sobretudo no grave desencontro entre Plutão e Saturno, e afirmava, cheio de convicção, após xingar Galileu de presunçosa besta quadrada, que "a terra é plana e que os demais planetas é que giram em torno dela".

Lobo ria defronte do espelho do banheiro enquanto ajeitava a jaqueta e os demais adereços e ouvia a narrativa do sócio sobre a noitada.

— E então, Gusmão, quem é essa figura que você conheceu?

— Ah, já não lembro direito quem é, um maluco a mais vagando pela noite. Acho que o nome dele era Onorio de Camargo, algo assim.

Lobo saiu do banheiro.

Gusmão olhou, olhou novamente, pensou que a ressaca lhe perturbara a visão, mas, quando teve certeza de que o sentido ocular se mantivera leal e a postos, não teve como não gargalhar e indagar:

— Porra, meu, o que é isso? Você se fantasiou de Freddie Mercury?! Em outubro não tem carnaval! Agora só em 84 e o Queen já veio ao Brasil!

Lobo riu novamente. Ajeitou a jaqueta preta de curvim comprada na 25 de março, esticou a regata branca Hering debaixo, puxou a calça Lee de jeans azul-claro para cima, reforçou a pressão no bigode preto volumoso e postiço sobre os lábios e, após colocar o Ray-Ban preto, de ambulante, perguntou a Gusmão:

— Estou convincente?

— Sei lá, acho que está. Mas para que isso? Você vai a alguma festa à fantasia?

Lobo se divertia com o ar incrédulo do sócio.

— Não, prezado. Vou na Noite dos Covers, com supershow da banda Cuecas Hesitantes, lá na boate de Dom Manuelito, a Cro Magno, e você vai também.

— Eu? Pera aí, não curto esses ambientes aí não, meu.

— É a trabalho, prezado, a trabalho. Lembra do quanto nos foi oferecido para pegar o Pink Angel? Você quer ou não comprar de novo uma Kombi? Sim, né? Então deixe o preconceito de lado. O mundo está mudando e muito. E é hoje que vamos pegá-lo.

Gusmão levou a mão ao queixo, gesto habitual que fazia quando preocupado.

— A grana de fato é muito boa, mas qual é o plano, Lobo?

— A casa estará cheia de gays. O evento foi divulgado até nos grandes jornais. Essa poderosa isca há de despertar o instinto criminoso de Pink, pois se sentirá indignado e desafiado a agir. Pelo estudo dos crimes anteriores, ao contrário do que você falou, constatei que o assassino atacou, até agora, homens de compleição física mais atenuada. Falta um mais viril no currículo.

— E você será esse alvo machão para ele?

— Elementar, meu caro Gusmão! E, ao partir para cima de mim, teremos o flagrante para pegá-lo. Depois é só chamar o delegado Campos Flores para levá-lo preso.

— Lobo, isso é muito perigoso. Ele é um assassino, deve ser forte, deverá estar armado ainda. Eu já não tenho mais vinte e poucos anos para te socorrer e você...

— O que tem eu? O que tem, Gusmão?

— Você sempre hesitou ao usar uma arma. Você está mais para ovelha do que lobo, na verdade.

— Ah, obrigado pelo "elogio", meu amigo. Pela franqueza, muito grato, mesmo! Mas saiba que hoje à noite não serei lobo, muito menos ovelha, mas sim uma raposa. E você verá! Quer dizer, saberá. Não precisa ir ao show, não.

Lobo saiu do escritório, deixando o amigo arrependido da própria incontinência verbal.

1964

Na ampla sala do superintendente da PF em São Paulo, Alberto Beckler ficou a contemplar com riso irônico o retrato do presidente João Goulart na parede atrás de sua cadeira. Foi até ele, tirou e o colocou na lata de lixo. Depois retornou à cadeira e sentiu-se como um rei entronado. Aquele início de abril de 1964 fora agitado para o país e para o coronel. Teve que agir depressa, sob risco imenso, mas triunfara. A nomeação para o novo cargo de superintendente e interventor na PF foi conquistado com muita argúcia e ousadia. Recorreu a velhos amigos e disseminou intrigas venenosas bem-sucedidas contra os concorrentes.

Após o sinal sonoro, atendeu o interfone e ouviu da secretária que o tenente Jaime Sptein Souza acabara de chegar e o consultava se podia entrar.

— Claro, dona Vânia. Faça-o entrar.

O jovem tenente entrou e, de imediato, bateu continência.

— Tenente, descansar. Aqui, somos civis. Estamos de terno, até. Vamos dispensar essa coreografia daqui adiante.

— Perdão, coronel. Força do hábito.

— Bem, vi há pouco seu currículo. Bela carreira, hein? Bacharel em Direito, excelentes notas na Academia Militar. Fluente em várias línguas e o melhor para um soldado: exímio atirador. O melhor dos últimos anos. Homem de múltiplas habilidades. Parabéns! Será muito útil aqui, pois teremos muito trabalho. A Revolução de 31 de março exigirá esforço árduo para a limpeza ideológica e social e isso requer — o fitou com olhos de intimidação — muita lealdade aos comandantes.

Antes de responder à sua nova chefia, o tenente Jaime viu de relance o retrato presidencial na lixeira. Apesar de ser oponente de Jango, achou de extremo mau gosto aquilo.

— Sim, lealdade. Sim, coronel... Princípios — respondeu Jaime.

Alberto Beckler achou ousada a resposta, mas prosseguiu.

— Esse sobrenome, Sptein, é de ascendência judia?

— Sim, por parte de mãe. Por quê?

— Por nada, por nada. É que admiro muito os judeus. Povo muito engenhoso, cerebral, astuto e — falou ironicamente abafando o asco sentido — admirável!

— Todo povo tem gente de todo tipo, coronel. Boa, má, abnegada, desleixada.

— Ah, mas os judeus são peculiares. A História já provou. Porém deixemos de lado essas digressões antropológicas e nos concentremos em nossa missão, nosso trabalho. Tanto você quanto como eu estamos aqui por designação do Comitê Militar Revolucionário. Nossa tarefa é limpar a PF de São Paulo dos elementos perniciosos: corruptos, comunistas e demais indesejáveis. Está ciente do desafio?

— Sim, coronel, mas apurando com rigor quem realmente está implicado com atividades reprováveis, com amplo direito de defesa, para que não façamos injustiças. Acrescento, se me permite, outra missão relevante: aperfeiçoar as técnicas de investigação, os planos de segurança, o treinamento de pessoal, o intercâmbio com as polícias de outros países. Vejo que...

— Essa parte técnica vem depois, jovem. Agora é o exercício do poder, e isso exige prioridades. Eventuais injustiças podem ocorrer. Mas... e daí? não sou corregedor — soltou a gargalhada dos cínicos.

— Mas, coronel, com o devido respeito, se combatemos nossos inimigos, temos que provar que somos justos e melhores. Se somos iguais, para que a luta?

Novamente, não gostou da observação, pensou que aquele "judeuzinho de merda" iria lhe atrapalhar, mas não tinha tempo a perder e logo mudou de assunto. Queria iniciar o que "precisava ser feito".

— Vamos ao auditório nos apresentar e conhecer nossos novos colegas de trabalho?

No espaçoso auditório da PF, o burburinho e o disse me disse, sobretudo sobre a prisão de Varela, abarcava todo recinto. Quando o novo superintendente entrou, o silêncio se fez de imediato. Junto com o assessor, Sptein e as novas chefias setoriais se dirigiram para a mesa. Um microfone foi disposto para o coronel, assim como o chá de erva-cidreira que tomava em ocasiões de tensão próxima. Vagueou o olhar pelo ambiente e o fixou na parede do fundo por não gostar de encarar olhos outros quando discursava. Sentia que perdia confiança, o raciocínio se embaralhava e a fala afinava e claudicava. Além do olhar na parede, reforçava a prosa com gestos de contundência, feito com as mãos magras e alvas, como aprendera de tanto observar quando jovem, nos cinejornais de então, os discursos do seu grande ídolo de 1945.

— Senhores, bom dia. Chamo-me Alberto Beckler, designado pelo movimento vitorioso de 31 de março último para o cargo de superintendente e interventor na PF de São Paulo. Como é de conhecimento público, a Revolução visou salvar o Brasil do abismo comunista ao qual o governo do senhor Goulart o estava conduzindo e manter os inabaláveis alicerces sociais de nosso país: a democracia, a liberdade, a pátria, a família e Deus. — regozijou-se após ouvir algumas palmas incipientes, de puxa-sacos afoitos, mas decepcionou-se ao perceber que eram únicas e poucas, muito poucas. A grande maioria permaneceu em pesado silêncio, de expectativa.

Lobo não simpatizou com a fala e tom do novo superintendente. Achou-o artificial, como costumam ser os prepotentes em geral. Fez da ousadia o rompimento do silêncio.

— O senhor superintendente permite perguntas?

— Não deveria. Mas, como sou homem de diálogo, à vontade, jovem.

— O senhor superintendente poderia se apresentar, digo, sobre de onde vem, sua formação, seu currículo.

Sptein observou a têmpora suada do coronel e as primeiras gotas por ela escorrendo.

— Como já disse, fui nomeado pela Revolução, com publicação de Portaria no Diário Oficial da União, sendo ato jurídico perfeito e, portanto, sem mais necessidade de explicação.

— Verdade que o senhor é coronel do Exército? — retorquiu Lobo.

— Sim — respondeu a contragosto Alberto Beckler, observando e reconhecendo a fisionomia de Lobo, o que lhe irritou ainda mais. Para disfarçar, recorreu a um gole do chá.

Lobo prosseguiu, para a exasperação do Coronel.

— O senhor sabe que dias atrás militares vieram aqui na PF e levaram, ilegalmente, arquivos e documentos de inquéritos em curso, bem como prenderam o agente Varela.

— Desconheço o assunto.

— Mas o que senhor fará a respeito? — cobrou Lobo.

— Não devo lhe dar satisfações, prezado... quem?

— Delegado Lobo.

Agora sabia o nome de quem ameaçou suas ações nos últimos anos. Uma ira, em forma de serpente inflamada, percorreu todo seu diminuto corpo, mas ele conseguiu dominá-la a tempo e canalizou-a para ato de intimidação.

— Prezado doutor, em breve o senhor terá as informações pertinentes. Peço que aguarde 72 horas para receber a notificação convocatória.

— Depor? Sobre o quê? Em razão de quê? Em qual procedimento, senhor superintendente? — retorquiu Lobo, entre o espanto e indignação.

— Com a devida vênia, o senhor delegado deve saber o motivo, pois será o investigado, e não eu. Dê tempo ao tempo, e assim terá a ampla oportunidade de esclarecer o assunto e se defender. Estão agora todos dispensados. Voltem às suas atividades de trabalho — encerrou de forma seca.

Perplexos ouviram, perplexos ficaram, o que incluiu até o assessor do superintendente e interventor Alberto, o tenente Sptein. "Como alguém é intimado a depor, num procedimento formal não mencionado, sobre assunto indeterminado?" Sptein lembrou do livro *O Processo*, de Kafka, no qual o personagem era processado sem saber a razão. Assim tentou indagar o coronel, ao pé do ouvido, sobre a natureza da acusação a Lobo, mas Alberto não lhe deu atendeu, simulando pressa para outros eventos.

Lobo foi tirado do transe da perplexidade por Gusmão, que o puxou de lado e, junto com Epaminondas, fizeram uma rodinha. Para reanimar o amigo, Gusmão elogiou:

— Puxa, Lobo, você foi corajoso. Desafiou e encurralou esse coronel lagartixa.

— Lagartixa, por quê? — perguntou Epaminondas rindo.

— Branquela, transparente, com olhos saltados. Você o deixou inseguro, foi visível — completou Gusmão se dirigindo ao velho amigo com satisfação de vingado.

Lobo deu um riso amarelo e saiu em passo solitário pelo corredor. Lembrou da noiva e das profecias dela de que ocorreria um golpe de estado, o que ele próprio passava a sentir na pele. Deu-se conta que há quase dez dias não a via, nem se comunicaram por telefone. O turbilhão recente de acontecimentos escondeu dele os dias, as horas, os minutos, os segundos. Os viveu sem percebê-los, tragado pela velocidade dos acontecimentos. O que apostara, a ida de Mahe ao apartamento na entranha da noite, como era o costume, não ocorrera. Um pressentimento ruim, pesado, tomou-lhe corpo e alma. Imaginou-a presa por militares, feito o Varela, sendo inquirida impiedosamente, quiçá torturada. Em desespero, ao entrar em sua sala de trabalho, correu para o telefone. Estava sem linha. Não perdeu tempo buscando saber as razões do silêncio. Logo foi para a rua, tomou um táxi em direção ao Palacete dos Fagundes de Gouveia. Lá foi informado, pelos empregados, que Maria Helena não estava. Tentou falar com o pai, mas ele também não se encontrava. Depois de tanto insistir, foi recebido pela mãe, com um drink à mão em plena tarde iniciada, vestida de robe verde-musgo com renda dourada nas bordas.

— Obrigado por me receber, dona Mara. Mas quero falar com a Mahe.

A mãe de Maria Helena foi ao barzinho, encheu novamente seu copo de cristal translúcido com gelo e whisky, ofereceu um a Lobo, que recusou.

— Então, cadê a Mahe? — perguntou Lobo novamente em tom de nervos aflorados.

— A Maria Helena, meu caro jovem, fugiu! Fugiu! — repetia Mara Raquel em catarse histérica de gargalhada. — Ela e o pai. Me deixaram sozinha, veja só — ria, ria, ria, profusamente. — Quer dizer, ela me deixou com esse gato insuportável, o Sputnik — e voltava a rir desmesurada e desagradavelmente.

Lobo, consternado e perplexo, sem querer aceitar o que ouvia, ainda perguntou:

— Mas por quê? Para onde?

Mara Raquel parou de rir. Séria, respondeu:

— Dois covardes. Cismaram que seriam presos pela Revolução aí que fizeram. Veja só! Conheço esses generais e suas esposas e filhos. Gente de bem, de família. Jamais fariam algo de ruim a alguém. Foram para onde? Para a Europa, para a França, sei lá. E você, prezado doutorzinho, não tem aparência de poder ir atrás — voltou a rir alto. — Mas fica tranquilo, rapaz, vão perceber que não tinham motivos para fuga. Voltarão em breve com o rabo entre as pernas. Por falar em rabo, fique com esse gato insuportável enquanto Maria Helena está fora. Sabe, tenho alergia a gatos — voltou a gargalhar. — Mas só a gatos, já a lobos — disse marotamente.

O delegado nem percebeu a ousada malícia. Deixou-a, desolado, segurando desajeitadamente Sputnik, com passos débeis dos incrédulos em meio à indiferença dos transeuntes anônimos das calçadas, rumando com o novo companheiro para seu apartamento. No trajeto, apegou-se tenuamente às palavras da sogra, que não foi sobre a volta breve, líquida e certa de Maria Helena ao país, de modo a burlar o vazio do abandono. Mahe voltou sim ao Brasil, mas em tempo muito outro.

Não era de beber com frequência, mas os fatos do dia e seus pesos o obrigaram. Pegou debaixo da pia da cozinha a garrafa de JB e retornou à sala. Dedilhou a coleção de discos de bolero e selecionou uma coletânea de Armando Manzanero. Olhou pela janela, viu que o fim da tarde abrigava a fina e tristonha garoa de dias infelizes. Quando Manzanero cantava o trecho "yo no sé cuanto me quieres, si me extranas o me enganas, solo sé que vi llover ,vi gente correr y no estabas tu", da canção "Esta Tarde vi llover", Lobo alterado jogou com toda a força o copo de whisky contra a parede, na vã tentativa de exorcizar a lembrança de Maria Helena, feita de onipresente ausência.

Sputnik, perplexo e assustado, refugiou-se de imediato debaixo da cama de Lobo, só saindo de lá novamente assustado pelo estrondo das molas quando seu novo dono, nocauteado pela bebida, tombou sobre o colchão.

O pesadelo que teve naquela noite de sono de agonia é que não foi outro, mas sim o mesmo e recorrente, com sua imagem incompleta e misteriosa de uma vazia balancinha de parque infantil em movimento pelo vento, que sempre o fazia acordar sobressaltado e sem entender.

A princípio ficaram instalados num hotel, depois o pai arrumou um apartamento na região central de Paris. Modesto: apenas um quarto e pequena cozinha, banheiro e sala. O pai dormia no sofá, cedendo a ela o cômodo mais alargado do quarto. Sem ainda ter atividade cotidiana regular no novo país, Mahe perambulava pelas ruas, praças, entrava nas lojas, livrarias, antiquários, observava as pessoas, se encantava com arquitetura dos prédios e com os monumentos históricos.

O que poderia ser então doce, prazeroso e encantador, afinal estava em Paris, capital da moda, do amor, dos cafés e das ideias, tinha lá no fundo uma amargura encravada na alma, a dor dos arrancados da sua própria terra. Angustiava-se também, chegando às raias da exasperação, com as notícias vindas do Brasil. Prisões, cassações, fechamento de sindicatos, censura a livros, filmes, expurgos nas instituições e até, ainda que isoladas, as primeiras torturas de presos políticos.

Ainda assim, sentia falta do Brasil. Dos amigos, do seu trabalho, das atividades políticas, do clima, da comida variada, mas sobretudo de Lobo. Do seu afeto, da sua ternura, da sua prontidão em ouvi-la e dos prazeres diversos da carne que tão habilmente lhe proporcionava. É certo que a ausência potencializa as qualidades do amante e atenua os defeitos. Mas o que seria do amor sem uma dose de ilusão, sem uma dose de engano?

Aflita, passou a escrever cartas a Lobo obsessivamente, durante cerca de três meses, o instando a se mudar para Paris e ficar com ela. Dizia que dinheiro não era problema. Que ela tinha uma reserva financeira razoável e que, fosse o caso, custearia sua viagem.

Nunca obteve resposta. Tentara ainda contato telefônico, sem sucesso, pois, além das ligações serem naturalmente difíceis de serem completadas, quando isso ocorria, fosse na casa da família de Lobo ou na PF, quem atendia, no caso da residência familiar, era uma empregada de voz áspera que afirmava laconicamente: Lobo não morava mais lá e não tinha contato dele. A situação causava desespero em Maria Helena, que tentava em vão pedir que lhe transmitisse seu número de telefone e endereço parisiense.

Na PF, por ordem do novo superintendente, a informação era que os agentes policiais não podiam atender chamadas particulares e, sem maiores delongas, desligavam na cara. Tentou contato com a velha amiga Valquíria Bentes. Por meio do namorado e velho amigo de Lobo, Gusmão, obteria finalmente notícias do noivo.

Para seu espanto e incredulidade, foi informada pelo pai de Valquíria, em tom de fúria desaprovadora, que "a filha não era mais filha". Que virara freira carmelita depois que os pais a proibiram de casar-se com o tal de Gusmão. Em debalde, tentou saber o motivo do veto, mas, assim como na PF, novamente foi contemplada com o rude duplo sinal de chamada finalizada.

Em relação à amiga, sempre tivera os pais dela como socialmente preconceituosos; seria compreensível o veto final ao casamento com Gusmão. Só não sabia definir se o "virar freira" era por covardia ou rebelião. Não podia julgar, tinha de ouvir dela os próprios motivos.

A vida de Mahe, então, teve que prosseguir pelos emaranhados de dias, semanas, meses e anos. Depois de algum tempo, foi contatada pelo partido, com uma proposta tentadora: ir para a URSS ser bailarina do Bolshoi e par de Nureyev. O pai, já professor da Sorbonne, deu pronto incentivo a filha, ponderando que era uma grande oportunidade profissional e que não haveria outra de igual tamanho.

Mas, antes de deixar Paris rumo a Moscou, o partido lhe deu uma missão: conceder uma entrevista à imprensa francesa denunciando a situação política no Brasil e as perseguições desencadeadas pelo novo regime militar, uma vez que ela tinha certa fama internacional. Carlos Lacerda, antes de ele próprio cair em desgraça com o novo poder e tomar um pontapé de coturno nos fundilhos, estivera na França alardeando os objetivos "democráticos" do novo regime e era preciso contestar, segundo os membros do partido, essa visão distorcida e mentirosa da realidade política brasileira.

No dia marcado para a entrevista, na sede do então poderoso Partido Comunista Francês, um carro do partido viria buscá-la para conduzi-la ao local. Estranhou o carro ter se adiantado quinze minutos, mas creditou o ocrrido à disciplina férrea dos "comunistas". Quando entrou no veículo, teve a surpresa.

Um homem corpulento de luvas e sobretudo pretos lhe apontava um revólver. Em português, lhe disse para ficar calma que nada lhe aconteceria. Rindo, finalizou que, como bônus, teria uma passagem gratuita de retorno ao Brasil.

Mahe percebeu que de nada adiantaria reagir. Calada, permaneceu na expectativa esperançosa que algo extraordinário ocorresse. Voltar ao Brasil, sequestrada, não estava em seus planos. Pelas placas nas vias, percebeu que o automóvel rumava para o Aeroporto. O que poderia ter de bom nisso? Nada. Certamente, seria presa e impedida de manifestar-se.

Mas, ao se ater à ideia de que poderia rever Lobo, seu coração afogueou-se e deslumbrou o doce do futuro dentro do amargo do previsível.

Em um ponto mais ermo da estrada final de acesso ao aeroporto, seu veículo foi alcançado por uma viatura da gendarmaria e disparos começaram. Tanto o motorista quanto o homem corpulento tentaram revidar contra os policiais, mas logo foram atingidos. Chocada com os corpos que pululavam ao seu lado, e desesperada pelo desgoverno do veículo, Mahe — graças à elasticidade corporal de bailarina — esticou-se para o banco da frente, obteve controle do carro e o parou.

— Desculpe, *mademoiselle* Maria Helena — disse abrindo a porta do motorista o gendarme alto, loiro, de rosto caucasiano avermelhado e olhos intensamente azuis.

— Quem são vocês? Quem eram eles? — perguntou Mahe aflita.

— Eles, certamente do governo de seu país. Nós somos quem vai conduzi-la com segurança à entrevista que a senhora dará em breve.

Se muita coisa do comunismo soviético não funcionava, não se podia dizer o mesmo da KGB.

O coronel Alberto Beckler instaurou e presidia o Inquérito Policial-Militar para investigar subversão ideológica e malfeitos no âmbito da PF em São Paulo. Com esse instrumento, protegeria sua "causa" e se vingaria de quem o ameaçava. As oitivas dos supostos envolvidos demoraram muito mais que 72 horas para começarem, como prometera ao se apresentar aos funcionários da PF, mas a ausência de atribuições de trabalho já apontava as setas para os acusados.

Assim, Lobo e sua equipe ficaram no limbo, deslocados para mesas debaixo de escadas.

Já era fins de maio de 1964, numa manhã de céu fechado e nublado, mas leve feito pluma perto clima político do Brasil, quando Gusmão jogou sobre a mesa do amigo Lobo um exemplar do *Correio da Manhã* com a gritante manchete: "JK será cassado!". No mesmo jornal, uma reportagem cobria a entrevista que Mahe tinha dado à imprensa francesa denunciando o caráter ditatorial do novo regime militar brasileiro e seus atos de arbítrio.

— Se vão cassar JK, imagine o que farão conosco, que já fizemos segurança para o ex-presidente? Será isso um dos motivos do inquérito? — disse Gusmão consternado, pois, além da perspectiva da possível perda do cargo de policial federal, tinha acabado de ter o namoro com Valquíria Bentes rompido por veto da família. — Um presidente popular, um homem que gosta da vida, que até serenata faz! Viveremos tempos cada vez mais sombrios, amigo. O arbítrio mostrando a carranca — arrematou agora irado.

Lobo concordou em silêncio, de tão obcecado estava com a reportagem sobre Mahe. Finda a leitura, pensou em telefonar para a sucursal do jornal em São Paulo, mas tinha certeza de que os aparelhos telefônicos estavam grampeados. Fora a pé mesmo, desviando de pedestres, camelôs, ônibus e bondes, na esperança que o periódico pudesse ser a ponte para um contato com a noiva. Mas o chefe de redação, franco como costumam ser os apressados em se livrar do que consideram imprevisto e inoportuno, disse logo na cara do policial que Mahe já não estava mais em Paris, e sim em Moscou.

Retornou ao trabalho desalentado e cada vez mais convicto que Mahe não só fugia do Brasil, mas também dele, ainda que não tivesse um fato indicativo cabal e definitivo, além do próprio silêncio dela esticado pelos dias, semanas, já entrando em meses e que formaria, depois, um túnel de anos. Não teve mais tempo para continuar com suas tristes ruminações amorosas porque Gusmão esticara um papel a ele. A esperada notificação anunciada pelo novo superintendente-interventor chegara. Ele, Gusmão e Epaminondas foram intimados a comparecer na sala de oitivas do órgão, no período da tarde daquele mesmo dia, para a coleta inicial de depoimentos, sem especificação do objeto da inquirição.

Para a surpresa do tenente Sptein, civilmente vestido, componente da Comissão do Inquérito em conjunto com um agente federal, Alberto Beckler — querendo demonstrar um poder superior, ainda que não morresse de amores pela cor e corte da farda — entrou no auditório da PF trajando as vestes de coronel do Exército Brasileiro com as medalhas conferidas ao longo da carreira, reluzentes pelo polimento esmerado dado pelo tarefeiro Franz e de barulho de chaveiro tilintante pelo andar manquitolado.

Antes de pôr o quepe sobre a mesa, olhou para os presentes no auditório. Gusmão fixou o olhar no Coronel. Surpreso, disse ao amigo Lobo:

— É ele, é ele.

— Ele quem?

— Ele quem resgatou o monstro nazista!

— Não especule, Gusmão — cochichou Lobo incrédulo.

— Eu o vi de perto. Não reconheci de imediato, pois estava sem quepe. Vestido, é ele, Lobo, é ele.

Lobo achou que o amigo estava delirando, ainda que o resgate do assassino de milhares fosse um militar. Mas não acreditava que o coronel Alberto estivesse envolvido com o resgate. Gusmão estava perturbado pelos acontecimentos. Primeiro, achara que a segurança feita por eles a JK, assegurada por lei, fosse motivo de punição. Agora, vinculava o interventor coronel, quando sem quepe, ao resgate do monstro. Era muita teoria de conspiração, até porque Alberto Beckler, segundo conversas de corredor, serviu nos últimos anos em embaixadas no exterior como adido militar, estando longe do Brasil.

O coronel iniciou a audiência lendo os atos normativos pelos quais fora instalado o IPM na superintendência da PF em São Paulo. Um rosário enfadonho feito de leis, decretos, portarias, atos institucionais. Por fim, falando sem mais ler, e se jactando, afirmou: "A legalidade maior da Revolução é seu triunfo em 31 de março último".

Ato contínuo, convocou Lobo para que se aproximasse e sentasse numa mesa defronte à da comissão.

— Delegado Lobo, por favor, o que senhor tem a dizer?

— Sobre o quê, Senhor?

— O delegado sabe, tanto que é o inquirido.

Lobo riu, Epaminondas olhou espantado, Gusmão se enervou e Sptein baixou a cabeça.

— Prezado coronel, não há como abordar um assunto sem sabê-lo.

— Mas o senhor sabe, delegado, sabe sim.

— Vou optar pelo silêncio. Sobre o nada, nada se deve dizer.

— Vou ajudá-lo a recuperar sua memória, então. Consta que no último ano o senhor recebeu polpuda verba para custeio de deslocamentos e não localizamos os resultados desses recursos confiados ao senhor.

— Como lhe foi informado antes, um grupo de militares veio aqui logo depois da Revolução e levou nossos arquivos, bem como prendeu o agente Varela. O senhor já apurou isso?

Beckler ficou sob alerta, mas manteve a pressão.

— O inquirido aqui é o senhor, não eu. Então admite que a verba recebida não resultou em trabalho efetivo pelo senhor e sua equipe? Logo, podemos concluir que houve apropriação indébita de recursos públicos. Certamente para fins privados e, quiçá, depravados.

Gusmão não aguentou, Epaminondas também se alterou e ambos começaram a gritar "canalha, canalha, canalha" em direção ao coronel Alberto. Satisfeito pela reação dos agentes, solicitou aos seguranças a imediata expulsão deles da sala, os ameaçando com prisão disciplinar, o que se efetivou logo após os dois repetirem mais alto o refrão.

— Para um gordo desengonçado e um bugre velho, é até corajosa essa gentalha — comentou baixinho o interventor com o assessor Sptein, que não respondeu, cada vez mais constrangido.

Lobo engoliu a revolta e fez defesa sua e da equipe.

— O senhor faz uma acusação absurda, sem fundamento e sem provas. As verbas disponibilizadas a nós tiveram a devida prestação de contas, no tempo certo e na forma regular prevista em lei, atestando que foram usadas para viabilizar operações.

— Então onde estão as prestações de contas?

— Nos arquivos levados pelos militares, o que já mencionamos e o que o senhor, pelo visto, não apurou.

— Ora, o que levantamos foram as verbas disponibilizadas, aliás, bem polpudas. Onde está o dinheiro, senhor Lobo? Se explique. Explique também sua relação com a bailarina Maria Helena.

Lobo ficou chocado pela citação e sem palavras por um tempo. Alberto aproveitou a deixa:— Sabemos que essa senhora, militante de carteirinha do Partido Comunista, encontra-se foragida em Moscou. Mas, antes, difamou o Brasil em entrevista coletiva em Paris. Foi com dinheiro público que o senhor financiou a fuga dela?

Mais reposto, Lobo respondeu:

— Maria Helena era minha noiva. Não tenho contato algum com ela há meses. Se está em Moscou, foi por conta própria e pelos motivos que só ela poderia responder — disse Lobo com a ferida de ausência reaberta na alma.

Alberto notou o abatimento de Lobo e, com o prazer sádico dos cruéis, prosseguiu a inquirição. Orientou um assessor a trazer uma testemunha. Um tanto andrajoso, magro e com olhos fundos, o agente Varela entrou na sala.— O senhor conhece o agente Varela, aqui sentado ao nosso lado?

Lobo, antes de responder, observou com piedade Varela e logo percebeu o que ele passou nos últimos dias.

— Agente Varela, o senhor confirma perante esta comissão que a operação Pataxó, de averiguação de garimpo ilegal e contrabando de ouro na reserva indígena da mencionada tribo, na Bahia, na verdade foi algo fictício e simulado e que jamais o delegado Lobo e sua equipe, da qual o senhor fazia parte, se deslocou para aquele estado, sendo que a verba de custeio da suposta operação foi apropriada privadamente pelo mesmo delegado Lobo, ora aqui inquirido?

Varela, se contorcendo na cadeira, permanecia em silêncio angustiante de culpa dos delatores, até o coronel Alberto, em tom áspero, gritar-lhe:

— Agente Varela!

Sem olhar para o Lobo, respondeu também gritando:

— Confirmo, confirmo, confirmo plenamente!

Fez-se silêncio na sala. Após quase um minuto, Alberto — para referendar triunfantemente ainda mais o caráter simulado que dizia ser a operação Pataxó — tirou do envelope uma foto, na qual Gusmão aparecia rindo ao lado de um japonês com cocar. No verso da foto, escrito entre aspas: “Eu e o Índio”. Mostrou aos demais membros da Comissão e a Lobo.

— O senhor conhece esse suposto índio?

— Claro que conheço, mas ele não é índio. Ele foi o motorista da PF, o seu Milton Kasaki, que nos conduziu de Salvador à reserva Pataxó. Pelo contexto, dá para perceber que é uma brincadeira.

— Não creio, senhor Lobo, não creio. É uma tentativa clara de burlar os fatos por meio de registro fotográfico, apresentando um oriental como índio e, assim, atestar a existência da Operação Pataxó.

Sptein estava cada vez mais perplexo com a situação e se perguntando o que afinal estava fazendo ali, muito arrependido de deixar seu quartel, seus cavalos, seus treinos de tiro, seus recrutas, para compor aquele circo nonsense comandado por um amalucado tiranete.

Uma estranha e bem-vinda calma se apoderou do corpo e espírito de Lobo, como se ele fosse outro e não aquele sujeito quase sempre apreensivo e ansioso diante dos acontecimentos. Ciente de como tudo aquilo ia terminar, levantou-se, se dirigiu à mesa da comissão e depositou sua arma, sua carteira funcional e um dossiê com cópias das prestações de contas de todas as operações que chefiou e relatórios detalhados sobre elas. Dentre eles, um confidencial sobre operação que quase prendeu o monstro foragido.

Por fim, com alma leve, fixou o olhar dos decentes no atônito coronel Alberto, surpreso com a serenidade do inquirido. Antes de se retirar da sala, disse:

— O senhor superintendente fará o que quiser conosco, afinal tem o poder, e um poder sem escrúpulos, pelo visto, mas não sujará nossa honra. Ela está provada em preto e branco nesse dossiê.

Havia certo burburinho festivo na ala de desembarque do aeroporto de Moscou, quebrando a sisudez habitual. Quando Mahe assomou na saída, empurrando seu carrinho de bagagem, Nureyev sorriu e fez acenos a ela.

Se abraçaram efusivamente e Mahe recebeu um buque de rosas brancas e vermelhas de presente. A imprensa soviética cobriu a chegada da bailarina brasileira e o Pravda publicou, em destaque na primeira página, a recepção da brasileira.

Enquanto o Lada preto quatro portas governamental levava a bailarina para um apartamento, Mahe se encantava com a paisagem da capital soviética, como a largura das avenidas, a imponência dos novos prédios e a monumentalidade histórica do Kremlin, mantendo simultaneamente uma conversação divertida e saudosa em francês com Nureyev sobre a estadia dele no Brasil.

Ao longo do tempo, Mahe cada vez mais se dedicou à sua atividade profissional, com ensaios diários exaustivos, apresentações constantes pela União Soviética e países da Cortina de Ferro. Exigia de si cada vez mais e, se não obtinha a perfeição plena, não deixava de persegui-la. Depois de alguns anos, conseguiu se tornar a primeira bailarina do Bolshoi, o que teve repercussão no mundo todo e no Brasil, para alegria da comunidade artística e desgosto do regime militar, cada vez mais prolongado, pois era uma voz com alcance internacional que poderia soprar contra os governantes nacionais.

O sucesso profissional não era acompanhado pelo amoroso. Teve relações fortuitas e breves com homens, uns gentis, outros mais brutos, mais por emergências dos hormônios do que as do coração. Com o tempo, nem isso. Foi se acomodando a longas abstinências e dedicação profissional diversificada, como a tarefa de professora de balé de crianças do mundo inteiro, da qual muito se orgulhava.

Embora admirasse o esforço do regime comunista em igualar os papeis sociais e políticos da mulher em relação aos do homem, com a massificação da educação, a proliferação de creches e escolas infantis, a cada vez mais igualitária remuneração por cargos iguais, ainda percebia e sentia na pele, dia a dia, a prevalência de um machismo arraigado e o que a incomodava muito, por testemunhar o sofrimento do amigo Nureyev: uma forte discriminação contra homossexuais, nada distinta do que presenciava em sua terra natal.

Quando ocorreu em 1968 a Primavera de Praga, na Tchecoslováquia, Mahe ficou com esperança de que um socialismo de rosto humano, com maiores liberdades individuais, conciliadas com a igualdade e ausência de misérias explícitas, como as que via no Brasil, pudesse ser a rendição da humanidade e modelo alternativo ao capitalismo selvagem.

Mas os tanques soviéticos entrando em Praga e esmagando rosas e sonhos do povo jogou água geladíssima em suas anseios e crenças ideológicas. Cogitava voltar ao Brasil, mas lá a situação também se radicalizava e a ditadura envergonhada, com o AI-5, passou a ser uma ditadura escancarada, com a escalada de perseguições, torturas e mortes. Seus contatos no Partido Comunista alertavam que, uma vez no Brasil, correria risco de vida.

Em meados de 1972, Nureyev e Mahe fariam uma apresentação em Paris, pelo Bolshoi, do "Quebra-Nozes", o que já tinham feito numa turnê dois anos antes e que passou por outras capitais da Europa Ocidental, como Berlin, Viena, Estocolmo, Londres. Mas, a respeito da apresentação de 1972, Nureyev confessou a Mahe que seria diferente. Cansou de ser discriminado, de não poder ser o que era plenamente, à luz do dia, de ter seus passos vigiados pela KGB e ter que seguir uma cartilha imposta pelos burocratas do partido.

Desertaria, pediria asilo à França e lhe perguntou se ficaria com ele em Paris. Manteriam a parceria profissional e, para o espanto de Mahe, lhe pediu em casamento.

Nureyev logo explicou que o "casamento" seria um meio para que a cidadania francesa fosse logo concedida a ele, pois seus contatos na França lhe explicaram que, dessa forma, o processo seria mais rápido.

Mahe riu. Sempre soube das preferências íntimas de seu ídolo, par, amigo confidente de todas as horas já há quase dez anos e, por isso, sabia que o matrimônio nada mais seria que um mero papel assinado. Isso não a incomodava, pois ajudar Nureyev só lhe traria satisfação. Mas sair da URSS como numa espécie de fuga, abandonar seus compromissos, suas alunas, lhe entristecia. Pediu uns dias para pensar.

Enfim, decidiu-se. Aceitou a proposta de Nureyev. Mas impôs uma condição: caso ele fosse fazer críticas ao regime soviético, ela própria não o faria. Não queria se tornar uma garota propaganda do Ocidente contra o comunismo soviético, pois, mesmo que tenha perdido as ilusões, ainda não achava que um regime fundado em boa parte no egoísmo, como o capitalista, fosse lá também o ideal para a humanidade. Queria agora ser apenas reconhecida como bailarina.

Nureyev entendeu as razões de Mahe e se comprometeu a não falar sobre o passado, uma vez no Ocidente. Uma promessa difícil, mas que o russo procurou cumprir até seus últimos dias.

O exílio de Nureyev e ida de Mahe para Paris e o subsequente casamento deles teve grande repercussão mundial, visto que a dupla de bailarinos mais famosa do mundo desertara do comunismo e ia se casar. Jornais, rádios, televisões, revistas noticiavam com destaque ambos os acontecimentos.

Lobo chegou a ler à época, na *Folha de S.Paulo*, a notícia sobre o casamento da ex-noiva. Comentou ironicamente, para abafar a amargura do ciúme impotente, com o amigo Gusmão: "Nos enganamos sobre o bailarino, hein?!". Ouviu como resposta: "Não nos enganamos, não. É casamento de conveniência, de fachada. Eu testemunhei as preferências dele. Não se muda desejo".

O sucesso da dupla de bailarinos foi cada vez mais ampliado e repercutido. Por comum acordo, o casamento não foi desfeito. Cada um tinha sua vida, moravam em casas separadas, tinham ou não seus casos amorosos e continuavam na prática como antes: parceiros profissionais e grandes amigos.

Em 1976, Mahe recebeu um convite da Unesco para coordenar um programa de inserção social por meio da dança e o aceitou, o que lhe exigia viagens constantes, sobretudo para países subdesenvolvidos. Além da dança propriamente dita, passou a agendar reuniões com empresários, governantes, líderes religiosos, para obtenção de recursos e apoio para os programas que coordenava. Ver crianças pobres e marginalizadas tendo uma chance na vida por meio da dança, com concessão de bolsas, lhe enchia de alegria e satisfação. A Mahe teórica e idealista da juventude tornou-se, na maturidade, uma altruísta pragmática, que efetivava oportunidades. Mas esta não existiria sem aquela.

Em 1978, o regime militar brasileiro, dentro da estratégia do presidente Geisel de "abertura lenta, gradual e segura", anunciou a anistia política e a revogação do AI-5. Nesse ano, o pai da bailarina morreu em Paris de infarto fulminante, amargurado pelo longo exílio de quatorze anos e pelos descaminhos que o Brasil tomara, atolado, a seu ver, em truculência e desigualdades, entre o que poderia ser e o que era.

Mahe, cada vez mais, sentia apertos de saudades da terra natal e anseios em retornar ao país. Depois de tantos anos, ainda lembrava de Lobo. Como ele estaria? Será que se casara? Talvez tivesse se tornado um delegado confiável ao regime, encarregado de prisões de opositores, quiçá torturas... Ao pensar isso, se sentiu horrorizada. Lobo não chegaria a tanto. Era politicamente ingênuo, mas não era um sádico. Será que estava vivo? Ao se perguntar sobre isso, teve um calafrio e logo afastou de si o pensamento mórbido e terminativo, ainda que iludisse a si se convencendo que a viagem ao Brasil nada tinha a ver com ele.

Estava acordada com Nureyev que viajaria para o Brasil em 1981. A princípio, uma viagem com retorno a Paris certo, pois não pretendia morar ainda no Brasil, dado seus compromissos com os programas da Unesco. Tudo estava pronto para a viagem, quando Nureyev ficou doente. Sangrava pela urina, tinha febre, vômitos constantes e irrupção na pele de feridas lancinantes. Os médicos, no início, não conseguiam identificar a causa dos sintomas.

Preocupada com o estado de Nureyev, Mahe adiou a viagem ao Brasil. Decidiu ficar e intimar os médicos para que descobrissem do que se tratava a doença do parceiro. Cada vez mais magro e frágil, o bailarino suspendeu suas apresentações e evitava aparições públicas. Mahe, além de cuidar do amigo, tornou-se uma espécie de leão de chácara e porta-voz dele, expulsando os agressivos e impertinentes paparazzi mais ousados defronte da casa do amigo-marido, com empurrões, baldes d'água e sinais inamistosos com as mãos, assim como dando informes sobre o estado de saúde do bailarino e, ao fim, declarações para que respeitassem sua privacidade e que o "deixassem morrer em paz".

A Aids, em seus primórdios, sem remédios eficazes, ceifava muitas vidas e talentos. Nureyev faleceu no começo de 1982 em sua mansão, nos subúrbios de Paris, segurando no leito as mãos de Mahe. Sua amiga, parceira, esposa por circunstância. A mais leal admiradora.

No segundo semestre de 1983, Mahe decidira voltar ao Brasil. Desde 1979 seu nome fora revogado da lista de proscritos do regime militar, mas ela foi adiando o retorno. Agora não tinha mais motivos. A saudade era imensa, tinha assuntos de família a resolver e era hora. Nem um pequenino caroço no seio direito a dissuadiu.

1964

Na sala de depoimentos, o coronel Alberto adentrou teso, em passo compassado, como estivesse em marcha de desfile de vitória. Na sequência, entraram auxiliares carregando diversas caixas arquivo de papelão, as colocando sobre a mesa na qual a Comissão da Inquérito Policial-Militar decidiria naquele 7 de julho de 1964 o destino do delegado Lobo e dos agentes Gusmão e Epaminondas.

O tenente Jaime Sptein já estava postado em sua cadeira, aguardando ressabiado a chegada do coronel. Recebeu deste um bom dia efusivo, de criança otimista abrindo presente de Natal.

Após checar que toda comissão estava a postos, bem como o escrivão, Alberto abriu os trabalhos.

— A presente reunião da Comissão do Inquérito Policial-Militar 1/1964, no âmbito da PF em São Paulo, destina-se a decidir sobre a investigação pela qual o delegado Edgar Lobo e os agentes Gusmão e Epaminondas são acusados de apropriação indébita de recursos públicos e consequente enriquecimento ilícito por meio de simulação de operação de combate a garimpo ilegal e contrabando de ouro na reserva dos índios Pataxós, no estado da Bahia, em maio de 1962.

— O senhor permite um aparte?

— Com todo prazer, doutor Sptein.

— Quais as provas dos delitos supostamente feitos pelos acusados? Pois, na última inquirição, o doutor Lobo deixou as provas da ocorrência da operação.

— Cópias, apenas. E certamente de algo fraudado. As minhas são abundantes e reais. Estão nessas caixas de papelão. Está tudo direitinho, direitinho — blefou na esperança de que, pela quantidade de caixas e trabalho de manuseio, Sptein desistisse.

— Quero, assim mesmo, consultá-las — respondeu Sptein

Alberto ficou vermelho.

— O senhor não confia no que afirmo? Na palavra de um oficial do Exército Brasileiro?

— Aqui estamos também com atribuições civis e sem hierarquias. Como membro da Comissão, tenho a prerrogativa de checar as provas, ou não?

— Sim, sim, mas veja bem... Podemos agilizar a decisão sobre esse caso. Há tantas investigações ainda a serem apuradas.

— Faço questão, coronel.

A contragosto e praguejando até a trigésima geração desse "judeuzinho folgado", Alberto facultou a vistoria das caixas por Sptein. Após manuseá-las e folhear as supostas provas, constatou que eram processos antigos da PF sem nada a ver com a Lobo, Gusmão e Epaminondas.

— Coronel, com todo respeito, mas aqui não há prova alguma contra os agentes.

— O senhor não deve ter visto bem.

— Vi, sim. Não há nada que se refira a eles. Repito: não há provas.

Já em vias de ira, por ser desmentido pública e abertamente, Alberto Beckler enfatizou:

— Se não há provas, de cabais documentos, há a delação do agente Varela. Isso basta. Tenho convicção, uma forte convicção, que são culpados — finalizou com olhos de incontida ira em direção a Sptein.

O tenente sabia que pouco podia fazer. A decisão já estava tomada. Ele era um voto contra dois. Os policiais seriam condenados e expulsos da PF, ainda que fossem inocentes. Para salvar sua consciência, registrou em ata seu voto contrário à condenação e saiu da sala sem cumprimento, sem continência e da vida de Alberto por muitos e muitos anos.

Procurou escalões superiores para denunciar a injustiça e arbitrariedade que Lobo, Gusmão e Epaminondas eram vítimas. Mostrou o dossiê com provas da Operação Pataxó e a investigação derivada conduzida pelo delegado sobre o monstruoso criminoso de guerra que residia no Brasil e que pelos relatórios confidenciais quase fora preso pela equipe de Lobo, salvo, no entanto, na última hora por um oficial do Exército, não identificado, ainda que intimamente passasse a desconfiar do tenente-coronel Alberto, dado seu forte empenho em condenar Lobo e equipe sem ter prova alguma.

O alto escalão escarneceu do relato do tenente Jaime Sptein, tido como ingênuo de imaginação fantasiosa. Impotente diante dos acontecimentos, pediu para retornar aos quartéis, mas sempre conservando cópias das investigações de Lobo.

Por dois votos a um, o delegado Edgar Freitas Lobo e os agentes Renato Gusmão Ferroni e Epaminondas Sampaio Menezes foram demitidos da PF. A sentença era tão precária e infundada que a própria Procuradoria do órgão não se animou a ajuizar ação penal contra os agentes, para não pôr em risco a decisão administrativa de demissão.

Os punidos entraram na Justiça para reverter a punição administrativa, mas aquela já intimidada pela espada militar negou a reintegração dos agentes à PF. Apenas a Epaminondas foi dado o direito à aposentadoria, em razão de ter o tempo de serviço necessário.

1964-1983

Beckler triunfara. Afastara o perigo, na figura de Lobo, que faria desmoronar sua missão de vida. Preservara a imagem de militar sério e patriótico e assegurara uma vida tranquila, sem maiores incômodos e ameaças a um dos homens mais nefastos da história.

Pelos anos seguintes, após ocupar diversos cargos civis e comandar pequenas unidades militares, Beckler empolgou-se e passou a acreditar piamente que o regime autoritário instalado em 1964 poderia se tornar um regime totalitário pelo qual a sociedade brasileira seria reordenada de cabo a rabo e decantada ideológica e racialmente, eliminando gradualmente o que chamava de "dejetos" e inaugurando a construção de um Reich tropical, de mil anos, com abundante espaço vital, recursos naturais inesgotáveis, farta mão de obra de "raça inferior para construção do novo Império e colaboração científica do Doutor Alemão".

Para isso, sempre insuflava a radicalização política do regime por meio do planejamento de ações de sabotagens, terroristas, provocações, como bombas em quartéis ou explosão de adutoras, simulados como atentados da subversão comunista. Desenhava em detalhes os croquis das ações e buscava influenciar clandestinamente agentes policiais e de inteligência mais corajosos para pôr em prática o que concebia, ainda que nada de enorme e trágico impacto tenha se materializado. Em etapa seguinte, ficou contentíssimo quando a esquerda, cada vez mais tolhida de espaço institucional e com devaneios por uma ditadura dela, ou melhor, do "proletariado", optou pela luta armada. Em seus cálculos, isso levaria a um endurecimento do regime e permitiria cada vez mais a centralização do poder. Centralizado este, era só o tomar por dentro do regime e dar início à marcha da "purificação do Brasil".

E, de fato, a radicalização estava ocorrendo, o regime, no auge da linha-dura, era implacável com a oposição armada. Vira nisso a oportunidade de recrutar colegas de armas para seu projeto, mas sentia uma certa resistência à doutrinação ideológica que pretendia infundir. Eram "anticomunistas ferrenhos", mas, em geral, ficavam só nisso. Se dispersavam com costumes abomináveis, na visão de Alberto: futebol, carnaval, jogatina e mulheres. Não tinham uma doutrina, uma visão de mundo, uma vontade férrea de destruição e mudança. A mistura de raças também afetava as Forças Armadas. Se o anúncio do "patrício" Ernesto Geisel para presidente o animou pela origem de "raça superior", logo o frustrou com o projeto do novo presidente de abertura lenta, gradual e segura e passou a ver no presidente a figura de um traidor. A diretriz de abertura política era um rumo na contramão do que devia ocorrer ao país. Um rumo perigoso, que precisava ser "estancado urgentemente".

Por isso, em 1977, fez parte da tentativa da chamada linha-dura do regime em depor o presidente Geisel e dar marcha à ré ao projeto de abertura política. Feito um diabinho na orelha, enaltecia sempre o general Silva Freire e fazia parte dos oficiais que o incensavam e encorajavam a enfrentar o presidente. No fundo, o desprezava; tinha-o como um medíocre vaidoso, mas estando próximo, sendo iminência parda, poderia manipulá-lo atrás dos panos. Chegara a oferecer ao ministro minutas de Atos Institucionais e Decretos-Lei para implantação após a intentona golpista. Com Freire, subiria ao generalato e, quem sabe, ao longo do tempo a ministro do Exército. Enfeixando o poder militar, poderia implantar o que o Brasil tanto precisava a seu ver: um regime nacional-socialista.

Mas, pelas artimanhas da história, da política, do destino, Freire perdeu a batalha pelo poder. Foi demitido por Geisel, pegou um avião para o Rio de Janeiro, choramingou a derrota e foi esquecido.

O coronel Alberto Beckler, também derrotado, foi para reserva com uma formal patente de general, sem tropa, sem armas, sem bala, mas com ódio. Muito ódio. E, ao contrário do amor que é finito, o ódio é eterno. Também fora esquecido pelo Brasil oficial na profusão dos dias. Mas Beckler não esqueceu dos seus sinistros ideais e por eles continuou a pelejar, cada vez mais por trás das cortinas dos acontecimentos, sem descuidar da logística de apoio ao doutor alemão e demais perseguidos de guerra adeptos da "causa maior".

Sua mais ousada ideia aconteceu, em 1981, ao influenciar militares do porão do regime a causar um atentado a bomba, em primeiro de maio daquele ano, que estremecesse o país e provocasse novo fechamento político do regime. De novo se frustrou com a execução atrapalhada do plano, que acabou vitimando o executor mais incompetente, deixando sequelas no parceiro e passando despercebida pelas milhares de vítimas que a covardia faria.

Cada vez mais revoltado com os novos ares políticos e costumes sociais, praguejava contra tudo e todos, protegido na mansão onde morava, a bordo de seu pijama preto, branco e vermelho, para desgosto e apreensão angustiada do fiel Franz.

Este, primeiro soldado, depois tarefeiro de Alberto Beckler e agora uma espécie de mordomo, se exasperava com as revoltas impotentes do patrão. Até que, ao sair numa noite caminhando pela baixa Augusta, foi abordado às altas horas por um travesti que pedia fogo para o cigarro e para o corpo. Indignado por dentro, aceitou o convite. No quarto acanhado, de paredes descascadas e cama de cupins, assim que Monique se deitou de bruços, pegou o canivete militar que sempre portava e enterrou inúmeras vezes nas costas da vítima.

Depois retirou a fronha rosa do travesseiro, a repicou na forma de triangulo e a colocou sob o rosto do travesti morto, como se fosse uma máscara.

Saiu pelos fundos do hotel, rumo à casa. Depois da adrenalina de há pouco baixar, a consciência pesou. Nunca havia matado ninguém. Dos tempos de soldado, só fizera simulações para logo depois ir servir ao coronel Alberto como tarefeiro e disso nunca sair. Ao ir para a reserva, ficou demais de contente quando o coronel propôs que permanecesse em sua casa como empregado civil assalariado.

A consciência doeu mais ao pensar que seu crime poderia ser relacionado ao coronel e envolvê-lo injustamente naquilo que não fez. Decidiu contar o que fizera ao coronel, pedir demissão e voltar para a terra natal.

Alberto o ouviu atentamente, sem esboçar caras de reprovação. Só lhe perguntou:

— Alguém pode reconhecê-lo?

— Creio que não, coronel. A vítima é que pegou as chaves do quarto com o porteiro. Passei direto pelo corredor, sem ser visto.

— Isso é bom. Então, parabéns, Franz. Parabéns! Tem que manter isso aí, viu? Não há motivo para culpa. Não mesmo, rapaz! Você apenas removeu um lixo social, em legítima defesa da nossa honra viril e da nossa liberdade. O ideal mesmo seria no atacado, como fizeram na querida Alemanha, nos anos trinta e quarenta, mas, como ainda não é possível por aqui, no varejo já é um começo. Serve para desencorajar a perversão. Saberão doravante que nem todos ficarão impunes. Franz: eu o autorizo!

Franz, em olhos marejados e tremor de emoção, deu um abraço de aperto alongado em seu patrão e senhor. De "consciência limpa", absolvido, persuadido e motivado, descobriu assim o prazer no horror.

Animado também, Alberto propôs uma comemoração: um jantar especial, à luz de velas, no quintal da casa. Franz rapidamente fez um ensopado de carneiro, servido com batatas grelhadas, tendo como bebida um Verrsshtalen. Alberto, homenageando a memória de seu protegido, então já falecido pelas insídias do mar, vestiu o presente dado por ele: o uniforme da SS Hitlerista.

Loucamente felizes, brindando em homenagem ao Doutor Alemão, dançaram de forma hétero, como cabia à gente tão viril, ouvindo "Lili Marlene".

1964

Sentados em banco da Praça da República, entre transeuntes apressados e pombas afugentadas, Gusmão tentou esconder, o que aguçou a curiosidade de Lobo. Retirou bruscamente o *Diário Popular* das mãos do amigo e leu a manchete: "Delegado Lobo e equipe expulsos da PF por corrupção!". No lead da matéria, a declaração do "pai" de Lobo, o juiz de primeiro grau Paulo Magalhães: "Errou, tem que pagar".

Já há tempos não conversava com o padrasto. Desde a morte da mãe, a habitual relação fria entre eles tornou-se gelada. Cumprimentos secos e cada vez mais ausências. Depois da opinião de Paulo no jornal, deixaram de se ver de vez.

Pouco antes da demissão de Lobo, o juiz foi chamado ao gabinete do superintendente da PF. Alberto assegurou àquele que os rumores sobre venda de sentenças que, "maldosamente, desafetos mencionavam contra o juiz, não seriam apurados pela PF". Tacitamente, deixou claro que caberia ao padrasto não se pronunciar, e nada fazer, na defesa de Lobo.

Como todo lacaio na ânsia de servir, e se servir, Paulo informou ao coronel Alberto que Lobo na verdade era enteado, que nunca foram próximos e, depois da morte da esposa, a distância aumentara a ponto de não se verem mais. Assegurou ao coronel que, se fosse se pronunciar, seria para apoiar o trabalho moralizador de Alberto e da Revolução de 31 de março.

Por fim, chegou ao ponto de contar em detalhes ao coronel o episódio trágico da vida de Lobo. Interessava a ambos o aniquilamento deste, a destruição de sua reputação, a morte em vida que um homem que se abate carrega até o fim dos dias.

Um afastava, assim, o perigo de ser descoberto como um protetor de monstros, um ideólogo da barbárie, que tudo fazia na sua missão. De contrabando a assassinato, se preciso fosse. Já o outro, um reles avarento, assegurava o impuro gozo da imensa fortuna do sogro, que Lobo — herdeiro legítimo — ignorava.

De fato, sem trabalho, sem amor, Lobo afundou, nem a amizade leal de Gusmão e Epaminondas o colocou de pé, até mesmo porque os amigos atingidos também tinham que cuidar da própria vida e destino. Epaminondas, obtido na Justiça o direito de se aposentar, teve ao menos certa estabilidade financeira, a qual lhe permitiu, com o passar dos anos, fazer uma poupança e adquirir, com um sócio farmacêutico, a farmácia na Praça da Sé.

Gusmão não passou recibo pelo que sofreu. Sua raiva foi combustível de ação. Foi ganhar a vida de todos os jeitos: feirante, motorista de táxi, de ônibus, de madame e doutor, figurante de filme de pornochanchadas, lutador de Telecath, amante de dondocas endinheiradas, leão de xácara de boates. Viveu quase vinte anos assim, pegando o que aparecia, sem se importar muito com os reclames do amanhã, até reencontrar Lobo e aceitar ser seu sócio.

Lobo, não. Isolou-se no apartamento, tendo a companhia apenas de Sputnik, o qual até pensou em jogar pela janela, pois lembrava Maria Helena, mas, depois de um tempo, essa associação morreu e só via o gato como parte da paisagem da casa, sem traços de passado, e companheiro do dia a dia.

Trocava o dia pela noite, vendo televisão até altas horas, ouvindo boleros dilacerantes, comendo guloseimas, sem banho, barba por fazer, afundando no desleixo de quem se ausenta de si mesmo, assombrado recorrentemente pelo sonho da cadeirinha vazia balançando num parque infantil.

Apenas recebia a visita da tia Augusta. Preocupada com o estado do sobrinho, ela se sentia na obrigação de ir duas vezes por semana levar-lhe comida, fazer uma limpeza no ambiente e conversar com o arredio sobrinho a fim de injetar-lhe vida e ânimo. Meses passaram, meses assim foram.

Certa manhã, nos idos iniciais de 1965, Lobo, ao pôr o lixo no corredor, ouviu o choro da vizinha, dona Leocádia, e — sensibilizado — quis saber o motivo das lágrimas. Dona Leocádia contou-lhe que o neto estava desaparecido, que já se passara um dia e não voltara para a casa dos pais. Que a polícia, informada, "nada fazia!".

A princípio, confortou a vizinha, mas logo pensou que aquilo não era assunto seu e voltou ao apartamento.

Depois de minutos, a consciência pesou. Sim, fora policial, conhecia técnicas de investigação e podia com elas ajudar a localizar o menino.

Voltou ao apartamento de dona Leocádia e, na companhia dela, foi à casa dos pais da criança. Fez um questionário exaustivo: última vez que viram a criança, que horas, em que local, os acontecimentos anteriores ao desaparecimento, os amigos próximos.

Com as informações reunidas, montou o quebra-cabeça, criou uma hipótese para o sumiço, testou-a e encontrou a criança.

O menino quebrou, sem que percebessem, por travessura de ligar e desligar, a televisão da família; temendo a certamente rigorosa reação paterna, escondeu-se na casa de um amigo de escola. Quando Lobo indagou o amigo, logo percebeu que ele escondia algo.

Foi só subir no quarto e ver o neto de dona Leocádia encolhidinho debaixo da cama. Com lábia amiga, sem recriminações, falando sobre futebol, Lobo convenceu o garoto a retornar ao lar da família.

Os pais agradecidos, esquecidos de qualquer fúria contra o menino pela felicidade do reencontro, queriam de todo jeito pagar o "serviço", mas Lobo rejeitou. Perguntado se "não era detetive particular", respondeu:

— Não sou. Mas serei...

Lobo saiu das cordas. Voltava ao ringue da vida, mesmo que cambaleando.

1964-1974

Tivera dificuldade em obter as licenças para atuar como detetive particular. As autoridades policiais encarregadas da concessão, muitos conhecidos seus, lhe viravam a cara ou dificultavam os processos com exigências absurdas, extraídas de filigranas interpretativas das leis.

Ninguém queria contrariar o todo poderoso superintendente da PF de São Paulo Alberto Beckler.

Ao se deparar com má vontade de burocratas servis, ao invés de sucumbir, se sentia desafiado. Interpunha recursos, entrava com novos pedidos, pedia audiências.

Quando saiu da PF, sendo "promovido" para cima com cargo de adido militar na embaixada brasileira no Paraguai, por interesse em atender os pedidos do Doutor Alemão em acomodar patrícios no país vizinho, finalmente as licenças para Lobo atuar como detetive foram concedidas, depois de dois anos. O novo superintendente, ao se aprofundar na história recente de Lobo e no modo como foi expulso da PF, não viu óbice para a concessão, e sim uma forma de atenuar a injustiça.

Fez anúncios em jornais e começou a ter os primeiros casos. Em geral, de adultérios. A princípio, não se sentia bem em seguir pessoas, tirar fotos, ficar espreitando em hotéis e motéis. Com o tempo, se acostumou. Só avaliava previamente se a intenção e a personalidade do cliente podiam gerar uma tragédia, um crime passional. Quando desconfiava dessa possibilidade, declinava do caso.

Também, com o tempo, verificou que muitos clientes, em geral homens, descobriam o que já sabiam: gostavam e estavam, na verdade, à caça de detalhes picantes das aventuras adulteras do cônjuge, demandando para isso áudios e fotos dos encontros.

Vez ou outra lhe aparecia casos de espionagem empresarial, briga de sócios, refregas por dinheiro grosso, pelos quais ganhava uma boa bolada. Parava de trabalhar por um tempo, viajava para praias, ficava em hotéis caríssimos, comia as mais saborosas iguarias, ia para as boates esfumaçadas nas quais bebia e fumava em demasia e acabava, ao fim, em braços e bocas de desconhecidas, amores fugazes, de uma noite só, esquecidos na ressaca.

Dez anos assim se passaram. Vivia, mas não esquecia o espectro de felicidade e tristeza que a lembrança de Maria Helena ora ou outra lhe trazia.

Em meados de janeiro de 1974, já dez anos saído da PF arbitrariamente, dez anos sem Maria Helena, em dia de manhã ensolarada, com cara de paz e eternidade típica dos domingos, andava a esmo no Parque do Ibirapuera, junto ao lago, imerso nas lembranças de caminhadas que por ali fazia com Mahe, cantarolando baixinho "Sentado à beira do caminho", de Erasmo Carlos, quando foi despertado por uma voz macia e de aconchego, vinda lá das Minas Gerais.

— Ei, moço bonito?

Lobo, que não se considerava bonito por não se perceber, não deu atenção imaginando que o chamado não lhe era dirigido, até ouvir a repetição:

— Ei, moço bonito e surdo?

Aí, Lobo voltou-se para a voz e a dona dela.

Viu uma jovem negra, de pela lisa de bronze, cabelos cacheados, que lhe sorria com dentes claros como aquela manhã dominical, lhe apontando para cima de sua cabeça.

— Comigo?

— Uai, seria com quem?

— Comigo?

— Moço bonito, só você tem aqui, uai.

— Que é isso, menina...

— Pega essa flor de jasmim aí na árvore.

— Ah, claro, claro.

Lobo levantou os pés e logo apanhou a flor da árvore e entregou para Ana Clara, que logo pôs entre os cabelos e sorriu, deixando Lobo encantado.

— De Minas?

— Ah, e como sou — respondeu Ana.

Foram vinte dias de convívio diário, nos quais Lobo, já na casa dos trinta e cinco, levava Ana Clara, de vinte anos, para conhecer São Paulo.

A mineira, recém-chegada à cidade vinda de Montes Claros, estava morando em internato e se mudou para trabalhar e estudar, segundo dizia entusiasmada. Emprego já arrumara, de secretária em escritório no centro de São Paulo, apenas providenciando documentos e exames para início em fevereiro. Quanto aos estudos, a matrícula escolar já feita no terceiro ano do colegial, de início também em fevereiro, período noturno, em escola pública.

Nesse tempo que antecedia o efetivo início de vida de Clara em São Paulo, Lobo a levava para conhecer a cidade. Avenida Paulista, Feira Hippie de domingo na Praça da República, Pico do Jaraguá, Parque da Água Branca, Aeroporto de Congonhas, Praça da Sé e até foram ao cinema assistir ao filme de Mazzaropi, o "Jeca, macumbeiro", motivo de boas gargalhadas e comilança compartilhada de pipoca.

Se Lobo fazia a vez de anfitrião para a jovem, mostrando a ela os cantos e recantos de São Paulo, Ana Clara lhe trazia também as novidades das Gerais, fosse em expressões típicas do "mineirês", como "trem bom", fosse na descrição de como fazer a boa comida mineira ou citando músicas desconhecidas. Assim que ouviu "Travessia", de Milton Nascimento, ele — que gostava mais de boleros passionais, rasga coração — não teve como não se identificar com aquela epopeia serena, mas firme, de superação.

Não sabia o que era ainda aquela relação com a jovem mineira. Gostava da sua companhia, da serenidade que lhe trazia, dos olhos de esperança e até da ingenuidade que Lobo captava. Gostava de andar pela cidade com Clara, mostrar-lhe locais novos, dar-lhe dicas de comportamento e cuidados de vida em cidade grande, de ficar conversando e sabendo sobre seu passado em Minas e seus anseios para o futuro, tomando juntos sucos e proseando sem noção de tempo em lanchonetes vazias. Quando a levou a seu apartamento, se engraçou com a jovem acendendo incenso e colocando na vitrola música hindu para trazer, segundo ela, "boas energias e paz" ao ambiente. Lobo nem sentira o clamor de sexo, envolto no clima bom e doce que principiava entre os dois

Ana Clara foi a primeira mulher a não lhe provocar, depois de Maria Helena, o pragmatismo de posse, gozo breve e fuga, mas sim o desejo de permanência e convívio.

— Lobo, bom dia. Te acordei?

— Bom dia, moça. Não, não, não, não acordou, estava fazendo o café e fervendo o leite. E você, dormiu bem?

— Dormi bem, sim, moço bonito. Veja só, sonhei até com você...

— Mesmo? O quê?

— Nem te conto — disse Clara rindo. — Começo hoje no emprego.

— Ah, que ótimo! Olha, no fim de semana vamos fazer um passeio. Vou te levar na Praia Grande. Vamos passar o domingo lá, o que acha?

— Acho ótimo, moço. Mas nunca vi mar. Defeito de Minas — riu novamente.

— Você vai conhecer e gostar. E hoje, quer ir ao cinema, depois do expediente?

— Vamos, sim.

— Ótimo, ótimo. Vou pesquisar um filme bacana para nós. Te pego no trabalho, onde é?

— Endereço ainda não guardei, sei que é perto da Câmara dos Vereadores... Deixa ver, ah, o prédio chama Edifício Joelma.

— Ah, sei onde é. Te espero na portaria, às 18h. Tá bom assim?

— Como diz o moço, "tá ótimo!".

Lobo, alegre, colocou o telefone no gancho, olhou para o exemplar do *Estado de São Paulo* debaixo da porta, pensou em pesquisar filmes, mas a preguiça foi mais forte. Voltou leve para a cama e retomou o sono de paz que Clara lhe proporcionava.

Acordou por volta das 11h. Se espreguiçou, se alongou, foi ao banheiro para as necessidades, banho de despertar e limpeza dos dentes.

Vestido, pegou o *Estadão* para ver as manchetes do dia e ver o filme e cinema ao qual levaria Ana Clara, no princípio da noite. O rádio da vizinha, dona Leocádia, estava em volume mais alto que o costume. "A velha está ficando cada vez mais surda." O locutor Fausto Canova, da rádio Jovem Pan, alardeava sobre um incêndio de grandes proporções que atingia naquela manhã, 7 de fevereiro de 1974, um prédio no Centro de São Paulo. Curioso, começou a prestar atenção na narração. Um repórter descrevia a situação, com as chamas tomando conta dos andares, o trabalho dos bombeiros, a multidão que se aglomerava para ver o incêndio, o helicóptero que aterrissava no cume do edifício para tentativa de resgate de pessoas, a cena de horror dos que preferiam pular das janelas a morrer torrados, mas não mencionava com exatidão o local e o nome do edifício.

Aflito, Lobo tocou a campainha da vizinha.

— Dona Leocádia, esse incêndio, onde é?

— Bom dia, doutor Lobo. Que coisa horrorosa, né?— Sim, sim. Mas falaram o nome do prédio?

— Falaram... como é mesmo? Ah... é nome de mulher.

— Joelma?

— Isso, esse mesmo, edifício Joelma.

Lobo fez o reconhecimento através dos documentos pessoais encontrados junto ao corpo e da blusa que lhe dera e que vestia em seu primeiro e último dia de trabalho. Com a ajuda das irmãs do orfanato, contatou os pais e lhes deu a notícia.

O enterro, no Cemitério da Cachoeirinha, foi simples, rápido, com poucos presentes. Apenas Lobo, os pais, as irmãs e duas amigas do internato.

De Ana Clara, Lobo reteve uma foto, na qual ela aparecia sorrindo, com flor nos cabelos, e a lembrança de felicidade incipiente de vinte dias de convívio, tragicamente interrompido.

1983

— Querido, muito cuidado, viu? Esse evento de hoje, dos degenerados, pode lhe ser perigoso. Terá muita gente, talvez imprensa. Aja com muita, muita prudência e lembre-se: deixe a nossa marca em um deles e jamais, jamais, sob hipótese alguma, mencione o meu nome. Não por mim, claro, mas pela continuidade nossa causa. Entende? Fui claro?

— Claríssimo, comandante. Pode deixar comigo!

Muito mais satisfatório do que receber medalhas e condecoração foi ouvir o "querido" do antigo comandante e hoje patrão. A forma terna com que as palavras lhe soaram o revigoraram na determinação em realizar a "missão dada, missão cumprida". Nas ocasiões anteriores, agia em ambientes ermos, em quartos de hotéis vazios, em saunas no crepúsculo de encerramento, em banheiros de cinema de sessões esquecidas ou nas quinas mal iluminadas de ruas, na madrugada já alta, sob ausência de testemunhas, não dando chance às vítimas. Hoje, o terreno seria outro. Uma boate lotada, cheia de gente, de burburinho, porém de pescaria muito maior, como compensação.

Voltou ao quarto, colocou com cuidado devido o artefato na mochila e o envolveu com almofadas, como meio de camuflagem e amortecimento para caso de eventual queda acidental. Olhou-se no espelho. Era hora de se preparar. Camiseta preta justa, dando realce aos avantajados bíceps, calça jeans de azul esmaecido, gel no cabelo escovado aloirado-grisalho, óculos de armação vermelha, condizente com os tempos do new age, um diminuto brinco reluzente na orelha esquerda e a velha botina revigorada por um eficaz engraxe. Foi ao espelho, olhou para si e depois para a foto da revista e concluiu que estava parecido com o astro do rock.

Optou por sair da casa pela porta da cozinha para não desgostar o patrão com seu visual *new wave*, pós-moderno, que só recorria como disfarce e isca para os pervertidos, alvos de suas caçadas.

Ficou em dúvida entre táxi e ônibus. Não gostava de gastar à toa seu soldo de reformado, mas a ocasião, em razão da delicada carga, exigia. Ônibus ou metrô tinham o risco de lotação e, ainda que quase impossível, uma detonação involuntária, de modo que foi a pé até a Avenida Dr. Arnaldo e lá pegou um táxi, com destino à Praça da República, cujo chofer tagarela não parava de elogiar o Governador de São Paulo, Paulo Maluf, "nosso futuro presidente a ser eleito ano que vem e que só não fez neste nosso querido estado de São Paulo o mar de Santos porque Deus foi mais rápido e não precisa de licitação. Vai ensinar esse general Figueiredo, preguiçoso que só pensa em cavalos, como se governa um país", e ria solitariamente de si enquanto olhava pelo retrovisor o freguês silencioso, indiferente, que mascava chiclete de hortelã, sentado no banco de trás do Opala quatro portas e só tinha olhos para a mochila que portava.

Desceu na esquina da Marquês de Itu com a Praça da República. De longe, viu a aglomeração frenética em frente à "Cro Magno". Observou quando de uma limusine branca com bancos de couro vermelho saiu, sob aplausos, Dom Manuelito, travestido de Manuelita Peron, com peruca loira em coque, vestido branco salpicado de purpurina dourada e cachecol azul-claro, fazendo alusão à Evita e à bandeira argentina. De tanta gente na rua, os carros passavam com dificuldade. O letreiro de neon piscante atiçava os espíritos e uma grande faixa em cima da entrada da boate anunciava "Noite dos Covers com banda Cuecas Hesitantes", composta exclusivamente de travestis. Salivou de prazer. Hoje seria sua maior realização. Em breve tempo, muitos daqueles indecentes estariam na "inexistência, da qual nunca deveriam ter saído". Orgulhou-se da sua iminente ação. O impacto seria enorme e faria com que, como diz o comandante, "a canalha terá o que merece".

Atravessou a pequena multidão, alcançou acanhado portão de entrada, sorriu para o segurança e fez questão de abrir a mochila e mostrar-lhe que nela só tinha coloridas almofadas, trazidas para presentear os membros da banda musical. De tanta gente na fila, e para agilizá-la, o segurança mal relanceou a vista para o interior da mochila e só viu mesmo o presente mencionado, autorizando a entrada.

Ao entrar na boate, sentindo-se triunfante, ia gritar "Selva", mas a vibração irresistível da música tocada em alto volume, "Macho macho man", do Village People, que o recepcionou, também o intimidou; alguns segundos depois, já sentia estranhos comichões de rebolo na cintura. Respirou fundo e controlou-se. Repetiu baixinho para si o mantra missão dada, missão cumprida" e concentrou-se.

O primeiro obstáculo fora superado. Agora, restava observar bem o recinto e identificar o melhor local para fixar o artefato. No amplo salão havia muita gente e, portanto, seria inviável. O balcão do bar era um bom lugar, mais isolado, porém, com os barman e garçons para lá e para cá, sua ação poderia também ser observada. Viu, para o que considerou sua sorte, que os banheiros ficavam acima do palco e pista de dança da casa, numa espécie de mezanino. Driblando com cuidado os frequentadores que lhe atrapalhavam o caminho, subiu a escada rumo aos sanitários. Indignou-se ao ver um banheiro apenas para todos os gêneros, ainda que com três cabines. Calculou e identificou a cabine mais adequada em relação à pista de dança, na qual o impacto da detonação seria maior, pois, dada sua potência, certamente abriria um buraco pelo qual o forte deslocamento de ar e entulho cairiam sobre quem estivesse no piso abaixo. Os que não fossem desta para melhor na explosão iriam, provavelmente, pelo fogo e fumaça desencadeados ou pisoteados pela ânsia de fuga.

Diligentemente, como nos tempos em que atuava no que concebia como ação patriótica, nos fins dos anos sessenta e início dos anos setenta, montou o artefato, finalizando-o com a instalação do que faltava, fixando assim fio o azul, que iniciava o processo, e o fio vermelho, que o detonava. Olhou no relógio de pulso: 23h. Programou o temporizador em 60 minutos, quando a lotação da casa deveria estar no máximo, pois o show seria iniciado à meia-noite. Trancou a cabine por dentro, para que ninguém nela entrasse. Depois de pular a porta, fitou-se no espelho do lavabo com olhos de autossatisfação. Agora era o varejo. Teria que identificar a presa, seduzi-la, dar-lhe logo cabo e assinar sua obra com o lenço rosa bem amarrado e disposto de forma triangular no rosto da vítima para lembrar a todos que, como os pervertidos o chamavam e ele passara a gostar e se envaidecer, pois o apelido de alguma forma lhe dava fama, Pink Angel esteve ali naquela fatídica noite.

Ao descer para a pista de dança, ao som de "I will survive", na voz de Gloria Gaynor, e sob luzes alucinadamente piscantes que davam ritmo de câmera lenta aos dançantes, Franz procurava se desvencilhar de covers de Elvis, Michael Jackson, Marilyn Monroe, Madona e até um Cauby Peixoto de peruca a caju, pois definira, ao bater os olhos na bancada do bar, seu alvo e presa: um discreto cover de Freddie Mercury, de jaqueta de couro preta, camisa regata branca e óculos Ray-Ban , de lentes também pretas.

Aproximou e se sentou no banco ao lado.

— Freddie.

— Elton.

— Posso lhe pagar uma bebida, Fredy? Do que gosta?

— Claro, Elton. Pague uma Malt 90.

— Pra já!

Enquanto o barman, cover de James Dean, servia os dois "astros britânicos", Franz fixou-se nos olhos azuis de Lobo e ficou perturbado. Para se desvencilhar do intruso sentimento, puxou assunto:

— Legal essa casa, não? Bem descolada.

— Também acho, Elton, bem descolada. Não fosse...

— Não fosse o quê, Freddie?

— Ah, esse *serial killer* (Pink Angel é como o chamam, né?) que nos ameaça — respondeu Lobo observando a reação.

— Ah, mas aqui é seguro, Freddie. Muita gente; ele não ousaria — respondeu Franz apressado e arfando, tendo o nervosismo percebido.

— Viu, Freddie, que tal conhecer lá em cima?

— Lá só tem banheiros — respondeu Lobo, testando o interesse de Franz.

— Mas por isso mesmo... Lá, podemos ficar mais à vontade — respondeu Franz já com gotas de suor em zigue-zague pelo rosto.

Lobo, percebendo a ânsia de Franz em subir logo para os banheiros, suspeitou que ali, diante de si, estava Pink Angel.

— Não sei. Vamos ficar por aqui mesmo, bebericando, conversando primeiro. Preciso te conhecer melhor.

— Não há nada a me conhecer, sou igual a todos — respondeu rispidamente Franz. Percebendo a grosseria, emendou mais suave: — Sabe, Freddie, é que estou há muito... Sabe como é, na seca. Vamos?

Lobo, cada vez mais convicto que estava diante do assassino em série, acabou concordando com o convite. Subiram a apertada escada em caracol e entraram no banheiro vazio, de azulejos brancos, piso verde de pedra ardósia, dois lavabos e três cabines de vaso sanitário. Pink Angel logo envolveu com um braço o pescoço de Lobo. Pelo espelho em sua frente, o detetive viu o canivete militar saindo do bolso de Pink e lhe deu uma contundente cotovelada, que fez o serial killer ir para trás e bater as costas na quina da pia de um dos lavabos. Em fúria, lançou-se sobre Lobo. Embora o detetive tenha lhe desferido dois vigorosos socos, Pink, forte feito touro, mal os sentiu; ao revidar, derrubou Lobo. De pronto, pôs o joelho sobre o peito do adversário, imobilizando-o de vez. Sacou o segundo canivete que portava e mirou nos olhos azuis-acinzentados, fundos e assustados de Lobo. Perturbou-se outra vez. Irado, proferiu:

— Agora, pervertido, seu fim chegou!

— Vai ter a glória de matar Pink Angel! — provocou Lobo.

Franz contemplou mais uma vez Lobo. Teve ímpeto de beijá-lo. Mais enfurecido ainda, respondeu:

— Mentiroso. Eu sou Pink Angel. E você, verme, vai morrer pelas minhas mãos.

Quando ia desferir o golpe mortal, um pontiagudo e estrondoso chute em suas costelas, o impediu. Caído lateralmente, urrando de dor, conseguiu ver, antes de desmaiar, a enorme mão negra com punho cerrado do cover de James Brow que o esmurrou e nocauteou de vez.

Lobo, atordoado e ainda deitado, viu o imenso vulto negro, mas não reconheceu imediatamente o homem por trás de Brow. Quando a porta do banheiro abriu novamente, reconheceu Gusmão, travestido de Elvis Presley, entrando esbaforido.

— Graças a Deus, Betão Can... Digo, Antônio Roberto, que deu tempo! — disse Gusmão.

— Ih, e eu ia deixar o dotô na mão?! Se enfrento o Serginho Chulapa, imagina um alemãozinho metido desse. Então ele é o tal do Pink Angel?

Lobo, segurando o próprio queixo, olhava atônito para Betão Canelada, para Gusmão e para Arlindinho “Valente”, que acabara de entrar no banheiro, como cover diminuto de John Lennon. Levantou-se à espera de explicação.

— Eu não tinha como deixar você sozinho com esse animal. Vim para cá, mas não te localizei, aí vi na pista de dança Antônio Roberto e perguntei a ele se tinha visto o Freddie Mercury. Prontamente respondeu que sim, que tinha visto subindo com um sujeito as escadas rumo ao banheiro. Fiquei alerta e tentei alcançar a escada caracol. Mas, como minha passagem estava obstruída, pedi ao próprio Antônio Roberto, que estava próximo à escada, que subisse pra cá, pois você corria perigo — explicou Gusmão.

— É, doutor, foi isso mesmo. Comigo não tem obstáculo, vou abrindo caminho na força. Quando cheguei aqui, vi o que ocorria e não pensei duas vezes: como nas brigas de futebol, cheguei rachando a lenha e derrubei esse alemãozinho.

— Ah, claro. Obrigado, Antônio Roberto, muito obrigado mesmo. Mas é bom a gente amarrar Pink Angel e acionar a polícia. Gusmão, ligue para o delegado Campos Flores.

— Mas, Lobo, temos prova que esse é o Pink Angel?

— Ferroni, eu vi o sujeito em cima do doutor Lobo. Ia matá-lo! — interveio de pronto Betão.

Lobo, frio, respondeu:

— Antônio Roberto, Gusmão tem certa razão. Esse sujeito pode alegar que se tratava de uma briga, um desentendimento. Mas, além de seu testemunho, tenho isto aqui. Lobo pôs a mão dentro da jaqueta e acionou o microgravador Sony, que começou a reproduzir a gravação desde que Franz e Lobo conversaram no balcão do bar da danceteria até a intervenção de Betão na briga.

Gusmão ia colocar uma venda na boca de Pink Angel quando ele acordou e começou a rir desbragadamente, deixando Gusmão nervoso.— Seu meliante, você está rindo do quê? Vai puxar uma cana brava, seu assassino!

Indiferente às palavras de Gusmão, continuava a dar gargalhadas sonoras, daquelas que até saem lágrimas, quando parou e disparou debochadamente:

— Tudo isso daí é inútil, tá OK? Em pouco tempo, não seremos nada além do que pó — e voltou às gargalhadas.

Gusmão se espantou, Betão e Arlindinho não entenderam. Lobo, ao olhar em redor e ver a cabine central do banheiro fechada, captou a mensagem:

— Gusmão, Betão e você — se dirigindo a Arlindinho, que não conhecia —, saíam daqui agora e tentem evacuar a danceteria. Rápido, rápido, rápido, vão agora!

— Mas Lobo... — tentou contra-argumentar Gusmão.

— Agora, Gusmão, vai, senão irá morrer muita gente!

Gusmão ainda oscilou em deixar o velho amigo, mas, ao ver o olhar incisivo de Lobo, empurrou Betão e Arlindinho para fora e lhes explicou o que ocorria enquanto desciam as escadas.

De imediato, Lobo forçou a cabine trancada. Não conseguiu abri-la à força. Com a chave de seu apartamento, conseguiu girar a trava e a porta abriu. Viu, ao lado do canto direito do vaso sanitário branco, o artefato explosivo. Verificou pelo temporizador que restariam apenas dois minutos para a detonação. Dois fios — um vermelho e um azul — ligavam as bananas de dinamite ao temporizador. Olhou para Pink Angel, o qual, na pressa da saída dos demais, ficou esquecido no canto amarrado.

— E agora, Freddie? Um dos fios desativa a bomba. Qual será? Corta o vermelho ou o azul? Em geral, é o vermelho que detona — provocou Pink com ar debochado e sarcástico. Para ele, era melhor que tudo fosse mesmo pelos ares. Por seus crimes que não pagaria. Para não decepcionar o comandante. Para afastar e não viver aquele estranho e desagradável sentimento que os olhos azuis-cinzentos de Lobo lhe provocavam.

O detetive voltou a fitar o artefato. O temporizador indicava quarenta segundos.

— Se continuar hesitando, Freddie, vamos explodir. — provocou Pink. — Vamos, herói, defina. Você não é feito a música "You are the champion, my friend"?

Lobo decifrou o jogo de Pink: ao mencionar que o fio vermelho era em geral o detonador, queria induzi-lo que naquele artefato o fio era o azul, quando, na verdade, era o vermelho mesmo.

De posse do canivete de Pink, e soando frio, Lobo arriscou: cortou meticulosamente o fio vermelho.

O temporizador ainda marcava 15 segundos. Continuou a contar, para o desespero de Lobo. Mas, ao chegar aos doze, cessou. A bomba fora desativada.

Olhou novamente para Pink. Em triunfo, disse:

— Perdeu, mané!

Quando ouviram de Gusmão o que ocorria no banheiro, Betão Canelada abraçou Arlindinho Valente e lhe disse que o amava muito. O amor saiu enfim do armário antes do fim de vez.

Mas, para a surpresa dele, de Arlindinho e de Gusmão, dois minutos se passaram e nada ocorreu, a não ser música estrondosa, luzes piscantes, gente se esfregando na pista de dança e garçons esbaforidos tentando dar conta de pedidos. O normal de uma casa noturna.

Olharam para o segundo piso, Lobo sinalizava a eles, com dedo polegar em positivo triunfante, que o perigo passara. Imediatamente, Gusmão correu para o telefone e avisou ao delegado Campos Flores, da Polícia Civil, Segunda Classe, que Pink Angel estava preso na boate "Cro Magnon". Em menos de meia hora, Campos Flores e sua equipe policial chegaram na boate, se inteiraram do ocorrido por relatos verbais e audição da fita gravada por Lobo, levaram Pink Angel para delegacia, convocaram a imprensa e anunciaram a prisão do perigoso assassino noturno de gays. O delegado, envaidecido pelo que não fez, mencionou ainda, em sua declaração inicial, que a prisão de Pink Angel era "inequívoco compromisso da Polícia Paulista com a política de direitos humanos e defesa das minorias".

Indagado pelos repórteres se havia provas contra o preso, Campos Flores mencionou testemunhos e demais indícios que seriam reunidos no inquérito policial. Como um repórter insistente indagava se o suposto Pink Angel confessaria seus crimes, o delegado, revivendo os tempos que prendia "comunistas", não se aguentou:

— Se o elemento não falar por bem, fala por mal. Eu prendo e arrebento!

Na boate "Cro Magnon", Dom Manuelito, já vestido totalmente de Manuelita Peron, com maquiagem de exagero e colar de pérola, era todo grato a Lobo:

— Mi herói! Mi herói! Usted conseguiu prender esse nazi assassino. Ai, mi Dio, e está tambíem um gato como Freddie Mercury, hein?!

Gusmão já ensaiava rir quando Dom Manuelito lhe disse, o deixando envergonhado:

— Gusmon e tu tambíen está lindo, fantasiado de Elvis ou Sidney Magal? mas que guapo hombre! Ainda que pouquito gordito, mas Elvis tambíen era, no? Bueno, agora la bebida será por cuenta da la casa. E yo, como cantante, voy lá no palco cantar um pouquito com nuestra banda "Cuecas Hesitantes". Queridos, se divirtam!

Gusmão, Lobo, Arlindinho Valente e Betão Canelada ficaram bebericando e fumando nas banquetas junto ao balcão do american bar, celebrando a prisão de Pink Angel e aguardando o show do anfitrião. Nem repararam na turma que estrondosamente se divertia, feita de antigos bailarinos do Balé Municipal de São Paulo, cuja mesa de vinte pessoas estava ao lado das banquetas do bar e diante do palco no qual se apresentaria em poucos instantes os "Cuecas Hesitantes".

Depois de tocar, em playback, " Night Ferver", dos Bee Gees, as luzes apagaram. Quando reacenderam, no centro do palco iluminado, Manuelita Peron surgiu jogando flores para a plateia. Ovacionada, fez breve discurso:— Mi queridos, hoy és uma noche mui importante, mui importante miesmo. Anúncio que la manhana leiam los periódicos, pois — fez pausa de mistério — Pink Angel foi preso!

A audiência veio abaixo. Gritos e vivas de estrondo tomaram a danceteria.

Retomando a palavra, Dom Manuelino/Manuelita Peron, emocionado pela lembrança de seu grande amor, o guerrilheiro montenero Juan Pedrito, morto barbaramente pela ditadura militar argentina nos porões da Escola Mecânica da Armada, anunciou o que cantaria:

— Em la modesta homenagem a la música de brasile, yo vou cantar "Me diz que sou seu tipo", de Duzek, e sucesso de Ney Matogrosso. A Juan, mi eterno amor, onde esteja.

O quarteto Lobo, Gusmão, Betão Canelada e Arlindinho Valente puxaram as palmas e Manuelita começou a cantar no seu portunhol típico. "Me diz que yo soy seu tipo, me diz, neném, que yo acredito. Murmura baixinho que yo soy seu ideal...".

Mahe, contente em rever antigos amigos, era uma das mais animadas na mesa dos bailarinos. Ao ouvir as palmas vindas das banquetas do bar e enlevada pela música lançou seus olhos para lá e viu o par de olhos azuis-acinzentados a fitando fixo e incredulamente, como se estivesse diante de um fantasma, suscitando nela a mesma reação de imobilismo e perplexidade.

Olhavam para vinte anos atrás. Fitavam o tempo. O passado, o buraco enorme na vida de um e outro que uma dura ausência provocou. Contemplavam o familiar e o estranho. A única certeza comum que tiveram: um, de imediato, reconheceu o outro. Ainda que mudados, com corpos definidos pela maturidade, conservavam as mesmas feições e até tiques peculiares: Lobo, de puxar a lapela da jaqueta, e Mahe, de enrolar os cabelos no dedo indicador. Não houve acenos, nem sorrisos, nem esboços de palavras. Apenas a lembrança do passado, com suas maravilhas e dores em comum.

Manuelita Peron terminou a música e se despediu. O playback voltou com a eletrizante "I love the nightlife", com Alicia Bridges, provocando a reocupação total da pista de dança. Lobo e Mahe tiveram a visão tampada pelo movimento incessante e frenético de gente que ali estava para diversão aqui e agora, dando vazão às chamas dos corpos e à pressa de vida, sem preocupações com fantasmas passados.

Foram embora da boate sem se avistarem mais, levando o outro revivíssimo dentro de si.

Passaram alguns dias e tudo permanecia como antes. Lobo à procura de um novo caso para investigar e ganhar algum, pois queria comprar o apartamento alugado onde morava. Mahe tratando de coisas práticas que o retorno ao Brasil demandava: visitar a mãe no asilo, providenciar a venda do casarão da família na Avenida Paulista, ir ao médico, fazer exames, estudar propostas de trabalho. As coisas comezinhas da vida lhes tomavam atenção, ainda que, no recesso delas, um recordasse do outro.

Lobo era cético que Mahe o procurasse, visto que, famosa e badalada, não teria tempo para o reencontro com um ex-noivo esquecido, pobre, anônimo.

Mahe procurava abafar a saudade com pensamento intrigado sobre o que Lobo estaria fazendo numa boate gay. Será que ele... Nunca lhe pareceu ou deu a entender que tivesse alguma inclinação. Mas as pessoas mudam no tempo. Se fosse isso, era assunto dele. Ela própria fora casada com um. "Ora, que pensamentos idiotas. O que Lobo tem a ver comigo mais?"

Mil novecentos e oitenta e três já findava. Numa manhã ociosa da última semana de ano, Lobo e Gusmão desceram do escritório, na Praça da Sé, para tomar um pingado e comer um pão com manteiga na chapa. Entraram no bar do Bigode, cumprimentaram o dono e os balconistas, fizeram o pedido habitual e falavam de coisas prosaicas, como clima e futebol.

Foi Gusmão quem reparou no sujeito sentado no balcão oposto, de óculos fundo de garrafa, feito o dele, calva avançada, amorenado, gordinho, simulando ler jornal enquanto os observava. Deu um cutucão em Lobo e, com o queixo, indicou o observador. Lobo viu de relance o sujeito; também com gesto, indagou o amigo do que se tratava. Mantendo o diálogo gestual, Gusmão novamente apontou a Lobo, com o queixo, o estranho que os fitava intercalando olhares fugazes com encenada leitura da A Gazeta Esportiva.

Intrigado com a insistência do parceiro, Lobo fitou o "estranho" com maior atenção e finalmente o identificou: tenente Jaime Sptein, dos tempos da PF, mais especificamente membro do Inquérito Policial-Militar que o demitiu, junto com Gusmão e Epaminondas, no já longínquo ano de 1964.

Lobo sorriu. Gostava de Jaime. Sabia que era um homem honrado. Ao menos foi com ele e sua equipe durante o inquérito. Além de ter votado contra a demissão, soube que fez esforços junto às autoridades superiores para a revogação da pena arbitrária. Dependesse dele, estariam até hoje na PF. Mas, num regime de arbítrio, justos não têm lá muito voz e força.

Ao perceber o sorriso de Lobo, Sptein se aproximou com passos lentos, de pinguim, pois sofria de hipertensão. Gusmão o ignorou. Já Lobo deu-lhe um abraço fraterno. Considerando os anos passados, chamou-o de "coronel".

Sptein riu. Informou que chegara ao posto de capitão e pedira reforma, ainda nos anos sessenta.

— Então não trabalha mais para a ditadura? — perguntou secamente Gusmão.

Ouviu de início um pigarro. Depois Sptein lhes explicou que trabalhava sim para o governo, mas como um agente.

— Agente? Agente do quê? De Trânsito? — zombou Gusmão.

— Do SNI.

— Porra, meu, esse araponga está nos vigiando, então! — respondeu furioso Gusmão. — Essa merda de ditadura não ficou contente em foder nossas vidas nos mandando embora de PF. O que quer de nós? Vão nos acusar de "comunistas"?! — finalizou Gusmão, nervoso.

Lobo, que até então ouvira o diálogo em silêncio, interveio:

— Calma, Gusmão. Acredito que este encontro tenha sido casual, uma mera coincidência. Certo, Sptein?— Não. Na verdade, vigiava sim. Mas não para lhes causar problemas. Serei franco: preciso do serviço de detetive de vocês.

Gusmão riu. Lobo idem.

— Porra, meu. Você é do SNI e quer contratar detetive?! É inovação da arapongagem. Querem privatizar a espionagem? — debochou Gusmão.

— Eu lhes explico depois a motivação da contratação, mas, antes, quero saber se aceitam? De antemão, aviso que serão bem remunerados, com recebimento prévio ao serviço.

— Que história maluca é essa, Sptein? Como vamos aceitar se nem sabemos o que faremos.

— Lobo, vou falar em dólares, pois, com essa inflação desenfreada do cruzeiro, na moeda americana fica mais objetivo: 100 mil dólares. E para um trabalho que, presumo, deve durar nem um mês.

— Parece muito bom para ser verdade — afirmou o cético Gusmão.

— Há uma razão adicional para vocês aceitarem: Alberto Beckler.

— O quê? A gente vai espionar esse filho da puta e ainda ganhar dinheiro? Eu topo agora! — disse Gusmão afoitamente.

— Calma lá, meu chapa. Sptein, não estou entendendo. Espionar Beckler? Por quê? Soube, recentemente, que ele é general da Reserva, que saiu junto com o ministro Freire, em 1977, quando tentaram derrubar o Geisel.

Cada vez mais desconfiado, Lobo aguardou em silêncio a resposta de Sptein.

Segurando no braço de Lobo e o levando para os fundos do bar, tendo um desconfiado Gusmão ainda próximo, explicou:

— Beckler saiu, mas ainda é influente junto à linha-dura do regime. Ele mantém contatos. Atiça ideias, faz planos e é...

— É o quê?

— Um fanático, um louco. E loucos são ativos. Em algum momento, agem.

— E qual seu interesse, ou do que representa nisso, Sptein?

— O Alto Comando das FFFAS quer manter a rota traçada pelos Generais Geisel e Golbery de abertura política: lenta, gradual e segura, sem sobressaltos. Ficar no controle do processo. Há um temor que a crise inflacionária, somada a um acontecimento extraordinário, possa produzir uma implosão do regime, algo similar ao que está ocorrendo na Argentina.

— Ceder os anéis para preservar os dedos — emendou Gusmão.

— Se essa imagem lhe agrada, digamos que sim — respondeu a contragosto o agente do SNI.

— E por que vocês mesmo não monitoram esse velhaco do Alberto? — retrucou Gusmão.

— Porque no SNI há gente que pensa feito ele. Sonham com algo extraordinário para reverter a abertura. Você não lembra do Riocentro, em 1981? Não deu certo, mas não desistem. Pelo SNI, Beckler seria informado. Por isso a necessidade de gente de fora para espioná-lo.

— Então o trabalho é monitorar os passos de Beckler e avisá-lo, apenas?

— É mais complicado, delegado, digo, detetive Lobo. É localizá-lo, nos informar o paradeiro e depois monitorar por um tempo. Está sumido desde que Franz, ex-tarefeiro dele e atual mordomo, sumiu também.

Gusmão, curioso, atalhou:

— Vamos ser claros: Beckler tinha inclinações nazistas? Esse filho da puta protegia ou não o Monstro Assassino? E esse Franz aí, como é?

— Não temos provas cabais disso. Há indícios. O pai era alemão. Há gente que alega que ele e o irmão, morto durante o putsch dos integralistas contra Getúlio em 37, pertenceram ao partido nazista brasileiro, mas não há prova disso, nem fotos, nem documentos, nem testemunhos contemporâneos. Quanto a Franz, também é de Santa Catarina. Forte, aloirado, branquelo, tipo comum de lá.

Lobo e Gusmão se entreolharam em silêncio cúmplice de decisão tomada.

— Quando começamos? — perguntou Lobo a Sptein.

O agente sorriu e lhe passou uma pasta rosa, com um relatório confidencial contendo dados básicos sobre Beckler e Franz. Num envelope, uma ordem de pagamento no valor de 100 mil dólares ao Bank OF América para saque ou depósito bancário em nome de Edgar Freitas Lobo.

Na manhã seguinte ao Baile dos Covers, Alberto Beckler saiu, ainda que mancasse, para sua rotineira caminhada matinal a fim de manter o tal "histórico de atleta". Ao passar pela banca de jornal, leu manchetes e reportagens sobre a prisão de Pink Angel. Voltou agoniado à casa e confirmou a ausência do leal Franz. Para não correr risco de prisão, decidiu se hospedar por alguns dias em hotel, no centro da cidade, e aguardar os acontecimentos. No rádio do vizinho, Cauby Peixoto cantava: "Voltei para me certificar que nunca mais vai voltar, vai voltar, vai voltar...", da música "Bastidores". Era a arte imitando a vida.

1984

Dias depois, Lobo passou em frente à mansão do general da Reserva e constatou que a casa estava fechada, com ares de abandono. Continuou a caminhada e visualizou, no fim da rua, um ponto de táxi. Jogando palitinhos, falando de futebol e criticando políticos, três choferes aguardavam clientes.

— Olá, boa tarde. Tudo bem com vocês?

— Quer uma corrida, doutor? — perguntou Zé Baiano, mulato simpático e sorridente.

— Não, não. Eu queria uma informação: vocês conhecem o morador da casa 22?

Zé Baiano fez fisionomia de dúvida. Enquanto pensava, o gaúcho Toninho Chimarrão tomou a frente:

— Bah, a do general?

— Sim, sim, do general Alberto.

— O que tem? — perguntou o gaúcho alisando os espessos fios de bigode.

— Sou sobrinho dele, do interior de São Paulo. Estou de passagem pela cidade e gostaria muito de revê-lo. Vi que a casa está fechada. Parece abandonada.

Desta vez, o terceiro chofer, seu Augusto — mais velho, cabelos brancos, voz baixa de miados — interveio:

— O general foi para um hotel, no centro da cidade.

— O Franz, mordomo dele, nunca mais saiu. Coisa estranha — comentou Zé Baiano com ares de fofoca.

— Deve ter viajado, talvez esteja de férias — despistou Lobo.

— Bueno, pode ser que por isso o general tenha ido para um hotel.

— Ah, sim. Meu tio é idoso, deve ter achado mais prático ficar num hotel do que contratar um substituto para o... Franz, é esse o nome? — prosseguiu Lobo. — Vocês sabem qual é o hotel?

Lobo ficou na expectativa de resposta, mas o silêncio dos choferes o alertou sobre o passo seguinte.

— Algum de vocês poderia me levar lá. Eu quero muito ver meu querido tio.

Os três se olharam e Zé Baiano tomou a palavra:

— O senhor sabe: o general é um homem muito discreto. Não que não acreditamos no que o doutor fala, mas é que...

Lobo entendeu o recado. Abriu a carteira e mostrou vários dólares. Ato contínuo, o motorista de cabelos de experiência abriu a porta traseira do seu táxi, um Opala branco, ano 1981.

— Por favor, entre. Eu levei o general ao Hotel Germânia. Fica no centro, na Libero Badaró.

Beckler tentou pescar da memória quem era o funcionário do Germânia que acabara de sair de seu quarto. A fisionomia não lhe era estranha, mas, por mais que tentasse, não conseguia relacioná-la com algum conhecido.

"Balofos de óculos de garrafa são assemelhados no mundo todo. Lerdos e languidos. Estorvos. Vou pedir que o troquem por gente esguia, ligeira."

Visitaria, naquela manhã, a empresa de um velho amigo. Este, ainda que não estivesse na firma, lhe facultou acesso a todos os departamentos. Sob pretexto de conhecer o paiol e verificar a segurança das instalações, Beckler teve ao alcance das mãos o que precisava.

Enquanto o general se regalava com o que obtivera, Gusmão voltara ao quarto do hospede militar e instalou, por trás de um quadro de paisagem bucólica, um ponto de escuta ambiental; no bocal do aparelho, instalou o de escuta telefônica.

Do escritório na Praça da Sé, Lobo ouviu satisfeito Gusmão dizer: "O rato saiu".

— Positivo, operante. Hoje não há nenhum evento que ele pudesse interferir. Mas, daqui para a frente, monitore e acompanhe cada passo dele e me informe. Eu fico aqui na escuta.

— Pode deixar, chefe.

Por pouco não o encontrara no portão a fitar o velho casarão dos Fagundes de Gouveia, um dos poucos remanescentes, numa avenida coalhada de arranha-céus, dos tempos de glória do café. Em geral, Lobo evitava passar na frente dele. Há anos que saía e entrava, no Baronesa do Acari pela entrada lateral da Alameda Piracicaba para evitar as provocações das memórias.

Mas, naquela manhã de sol ousado, próximo do verão, optou por caminhar pela Paulista e tomar o ônibus pra Praça da Sé, o CMTC Circular 509, no ponto em frente ao Conjunto Nacional. No trajeto de inevitável passagem, parou junto ao portão do casarão, fechado e desabitado, e sapecou da memória a lembrança de quando ali esperava a namorada Maria Helena, sob a observância preguiçosa de Sputnik na janela. Espremeu mais a vista para ver algum movimento na ampla sala envidraçada. Só conseguiu identificar móveis cobertos por lençóis, já amarelados pelo pó do tempo.

Minutos depois, Mahe, acompanhada de um corretor de imóveis, chegou. Abriram o enferrujado portão de ferro *art nouveau* e estacionaram o Passat 1975 do corretor próximo à varanda.

Maria Helena ia assinar o contrato de venda do casarão no qual passou infância e início de vida adulta. Mas, antes, pediu para rever o imóvel. Lembrou do pai na varanda, com seu ar de cavalheiro britânico, fumando cachimbo, lendo jornais e acenando para ela que corria, pequena e atiçada, pelo bosque da propriedade.

Lembrou da mãe andando atarantada, com copo na mão, pelas festas dadas pela família e dos empregados, os quais, na juventude, tentava convencer sobre a "mais-valia" que sofriam. Recordou de Sputnik, sempre discreto e imperceptível, se enrolando entre suas pernas em demanda de carinho e atenção. Ao ver o corretor fechando o portão, fixou atenção e recordou-se do antigo namorado Lobo.

O viu ali, debaixo de garoa renhida, a esperando, todo tímido, sem jeito, puxando o paletó para baixo e alisando a lapela.

O telefone tocou e a tirou do passado. Atendeu, era engano. Lembrou que precisava marcar os exames médicos, passados pelo doutor Amaral Sampaio, e aproveitou a fornida lista telefônica de páginas amarelas para pesquisar laboratórios. Após a marcação, sem saber a razão, estava procurando o nome de Lobo na lista. O dedo indicador, lépido, dobrou o L e parou bruscamente: Edgar Freitas Lobo. Anotou o número. Hesitava entre ligar ou não. Era tão irracional, isso. Vinte anos depois. Um estranho, uma estranha, praticamente. Será que ele queria revê-la? Na danceteria, só a olhou. Não veio ao encontro. Por quê? Mágoa, desinteresse, outro amor? Amor? Isso o tempo desfaz. Mas por quê?

Cada vez mais curiosa, nem percebeu que o indicador pulava os buracos e já discava o número. O sinal de chamada a assustou. Ficou ofegante, ia desligar:

— Alô. Escritório de Advocacia Freitas Lobo.

Ficou em silêncio, em pânico, sem saber o que falar.

— Alô? Alô? — Lobo, em seguida, também fez silêncio. Estava acostumado com isso. As pessoas que o procuravam como detetive costumavam hesitar um pouco em falar. Para romper o gelo, Lobo procurava infundir segurança no interlocutor com uma frase tipo senha:

— Pode confiar.

Mahe, ao ouvir voz límpida e firme de Lobo, confiou:

— Alô, Lobo. Sou eu...

Obteve como resposta um silêncio prolongado.

Não precisava pronunciar nome, sobrenome, para ser reconhecida. A mesma voz de ido tempo, meiga, baixa, com sílabas compassadas.

Mahe, na ausência de resposta, ia desligar encabulada.

— Maria Helena?

— Sim, sim. Como está?

— Vivendo...

Mahe novamente pensou em desligar, após a resposta seca e fria de Lobo. Mas ousou:

— Podemos tomar um café, dia desses?

— Não vejo razão para isso, Maria Helena. São tantos anos...

Se sentiu desafiada. De birra, contraditou:

— Eu vejo. Vamos nos encontrar. Vinte anos dá saudade.

Lobo riu e gostou.

— Pelo visto, você continua teimosa.

Percebeu o relaxar da fala. Mahe avançou:

— Hoje, no Café Viena, às 19h? Aquele que íamos na Barão de Itapetininga. Ainda existe? Tá bom pra você?

— Existe, existe. Está bom, sim. Até às 19hs, Mahe.

— Até, Lobo. Até.

Observava o amplo salão vazio, os lustres empoeirados, as toalhas de mesa manchadas de tempo, os garçons de rosto familiar de antes com cabeças embranquecidas, quando teve atenção despertada pela entrada, como a vira no palco tantas vezes, saltitante e onipresente de Mahe no salão, feito voz de Frank Sinatra que tudo preenche e encanta. Vinha sorridente, solar, penteado Pigmaleão, vestido tubinho preto, salto alto, plenamente loba e bela, em sua direção. Ela soubera há pouco, na reunião do Comitê dos Artistas de apoio ao Movimento Diretas Já, pela voz de Dom Manuelito, que um detetive particular, fantasiado de Freddie Mercury, de nome Lobo, prendera um *serial killer* noturno matador de gays, e não a "polícia, como os jornais anunciavam". Ainda sorridente, após se cumprimentarem com beijo no rosto, e se sentando, perguntou:

— Demorei?

— Não muito, só vinte anos... — respondeu Lobo com timbre amargo na voz.

Mahe silenciou por instantes até não poder mais e jorrar o ímpeto de defesa, com ar de censura.

— Venho alegre para te encontrar e você me joga na cara algo pelo qual não tive culpa?

— Não, não, só fiz um registro factual. Ou você não saiu deste mesmo lugar, e da minha vida, há quase vinte anos?

— Não, não, meu senhor. Saí do país para não ser presa, pois uma ditadura se instalava no Brasil, ou não? O que você fez nesse período, serviu a ela? Foi aposentado com medalhas no peito, dada por algum general sisudo de óculos escuros?

Lobo mencionou levantar-se e sair, mas Mahe, arrependida do fel dito, pousou sobre a dele a mesma mão pequenina e macia que tanto lhe aquecera no passado.

— Desculpa, Lobo, desculpa. Mas... Por que essa cobrança agora? No passado, fomos vítimas de circunstâncias que não controlávamos e que nos afastou. E, se quer saber, lhe mandei tantas cartas para que fosse me encontrar em Paris. Liguei para a casa de seus pais e nunca consegui falar com você. Fora que quase voltei forçada para... Ah, deixa pra lá. É que uma hora a vida te manda seguir. Eu segui a minha e você, a sua.

Em fração de segundo, Lobo entendeu que as cartas que Mahe aludiu provavelmente foram interceptadas pela ação de Alberto Beckler e os telefonemas, boicotados pelo falecido padrasto.

— Maria Helena, entendo tudo isso, mas tem sentido a gente aqui, depois de tanto tempo?

Teve ímpeto de jogar o prato na cara de Lobo. Conteve-se.

— Pede um chope para mim, Lobo. Tá calor.

— Não quer café? Melhor sem álcool...

— Melhor é chope, mocinho. Depois dessa, tenho que relaxar.

Lobo riu, mas gostou do tom mandão da ex-noiva e do "mocinho", logo ele, já quarentão.

— Ok. Garçom, dois chopes.

Amainaram o clima e conversaram por quase duas horas, intercalando chopes e porções de frios, sobre a vida que cada um levou nesse buraco comum de ausência. Mahe falou sobre a vida de bailarina no exterior, a URSS, a desilusão com o comunismo, a parceria com Nureyev e os últimos anos de vida dele. Lobo, sobre expulsão da PF e os casos pitorescos de investigação particular que fez como detetive, como maridos que saíam para comprar cigarros e sumiam do mapa ou o paradeiro de cachorros e gatos extraviados.

Racharam a conta, pois Mahe continuava a não admitir homem que a bancasse em nenhum quesito. Saíram, um tanto altos, escorando-se em direção à Praça da República.

— Você ainda mora na Avenida Paulista?

— Sim, Mahe, no mesmo apartamento.

— Estou no Maksoud Plaza, pertinho. Podemos pegar um táxi.

— Não, Maria Helena, eu pego o Circular Avenidas, da CMTC. Estou acostumado, sabe?, até gosto...

Mahe fechou a cara. Tomou como desfeita a opção de Lobo pelo ônibus. O queria, porque queria, perto. E rápido.

Sem graça, Lobo tentou remediar a situação. Passavam em frente a uma loja de discos e as caixas de som tocavam "Me deixas louca", de Armando Manzanero, na sublime voz de Elis Regina. Para desanuviar, Lobo disse:

— Ela era demais. Que voz maravilhosa, hein? Você lembra que a conhecemos — disse saudoso — no Piano Bar do Hotel Ipanema, no Rio de Janeiro?— Era ela, Lobo? Aquela mocinha que ensaiava na madrugada?

— Sim, sim, era a Elis. Novinha ainda, sem fama.

— É mesmo. Tinha cabelo Joãozinho, né? Ah, também gosto muito dela.

— Tá vendo: ainda temos algo em comum, Mahe — disse Lobo.

Ela parou na loja para ouvir melhor a música e se fixou no trecho "ir para quarto e ouvir as coisas lindas que começas a dizer, me deixas louca".

— Ah, ah, como você me dizia na penumbra coisas lindas, Lobo, e também me deixava louca.

Lobo encabulou. Voltaram aos passos cruzados, de andar etílico, para a Praça da República, em silêncio prenhe de desejo.

Mahe fez sinal para o táxi, um Monza azul de quatro portas, e olhou para Lobo, que entendeu, cedeu e entrou junto com ela no banco de trás. Por incrível coincidência, Elis também cantava no rádio, a mesma música, só que já no trecho "no meu corpo que te espera, me deixas louca". Mahe o fitou com olhos de luxúria convidativa. Lobo não esperou mais. Faminto de desejo também, abandonou os receios e avançou.

O carro foi sacolejando até o destino, o apartamento do detetive. O taxista Zé Baiano conseguiu, com pigarros de advertência, conter o desenlace final e a coisa só ficou nos amassos, ainda que contundentes...

Já no apartamento de Lobo, a volúpia se fez ato final e jorraram o gozo caudaloso, de fluidos e saudades, represado por vinte anos.

Contemplava o sono de Lobo e reparava no corpo que o tempo, ao fim, modelou. Não engordara, mantinha-se enxuto até. A pele que já não tinha a mesma textura macia da juventude e os pelos do peito, que Mahe apelidara de "toalhas felpudas", assim como os cabelos, se agrisalharam.

Deslizava a mão leve sobre a geografia corporal do amante quando o viu estremecer e perceber que passava por pesadelo. Ele acordou gritando "não", suando e assustado. O mesmo pesadelo que Mahe presenciou no passado, quando namorados e noivos.

— Lobo, você está bem? Estou aqui com você, está tudo bem. Fique calmo.

Foi à cozinha e lhe trouxe um copo de água com açúcar.

— Obrigado, Mahe. Não precisava.

— Precisava, sim. Você ainda tem esse pesadelo? É do parquinho?

— Sim, Mahe, esse mesmo. Raro, mas às vezes ainda tenho.

— E nunca descobriu o que é? Não foi a um psicólogo, não fez regressão?

— Nunca. Isso é bobagem. Não acredito que signifique alguma coisa. Melhor deixar para lá, já passou.

Mahe silenciou e percorreu o quarto com olhar perambulante. Quase o mesmo do passado. A mesma cama, os mesmos criados-mudos, a mesma penteadeira. Só mais desgastados. Quando retornou o olhar para o criado-mudo de Lobo, percebeu o discreto porta-retrato, de moldura prateada, com a foto de Ana Clara. Sobressaltada, disparou:

— Ah, Meus Deus, essa daí é quem? Sua namorada? Esposa? Olha, eu não tenho vocação para ser a "outra". Como fui burra. Evidente que você teria alguém...

Lobo abriu um sorriso agridoce de lembrança doída e terna.

— Ela foi um anjo.

— Ah, sim, presumo que seja um anjo para você. Não tenho nada a ver com isso, mas... Você disse foi? Não é mais?

— Não.

— E por quê?

— Você deve ter ouvido falar no Joelma.

— Joelma? O prédio? Ah, sim, ouvi. Saiu na imprensa francesa à época. Foi terrível, mas o que isso tem... Ah, meu Deus!

— Foi breve, muito breve, um anjo alegre que mal conheci. E que sempre estará em alguma parte de mim.

— Claro, Lobo, claro.

Condoída, o abraçou e fizeram o amor da compaixão.

Reentrou na vida de Lobo com ânsia de recuperar o tempo perdido. Durante um mês, se viram todos os dias. Mahe fez questão de dar banho de loja no antigo namorado, tirando o mofo de seu guarda-roupa. Comprou-lhe novas camisetas, calças jeans, tênis de moda, em shoppings badalados da cidade. Também reviveram museus, cinemas, teatros, que frequentavam, idem para bares e restaurantes.

Mas, apesar do idílico reencontro, Mahe tinha duas preocupações latentes: descobrir o que era aquele "sonho recorrente" que tanto abalava Lobo. A outra a envolvia: marcar a consulta com o médico para saber os resultados dos exames.

Suspeitava que a tia de Lobo, Augusta, poderia ser a trilha para chegar ao significado do enigma onírico que abalava o sono do namorado. Conseguiu o endereço dela com Lobo, sob pretexto de matar a saudade, o que não deixava de ser verdade, em razão da empatia e afinidade ideológica mútuas.

Tia Augusta morava no bairro da Mooca, em casa modesta de três cômodos. Idosa, de corpo alquebrado, movimentos lentos e prudentes, conservava a mente fresca e a memória ativada. Reconheceu de pronto a querida ex-noiva do sobrinho. A recebeu com a generosidade que um cafezinho, feito na hora, representa para as visitas.

Depois dos cigarros de tia Augusta, nova rodada de cafezinho, auxílio na rega de samambaiais e de conversa sobre a política brasileira, Mahe introduziu os estranhos sonhos de Lobo.

— Sonhos? Que sonhos, Maria Helena?

— Na verdade, pesadelos. Ele nunca mencionou para a senhora? Ele os têm desde que o conheci, em 1961, ou talvez antes.

— Não sei disso. Ele nunca me contou.

Mahe foi sucinta sobre o conteúdo deles. Disse e observou a reação nervosa de Augusta, que contraiu os lábios e cerrou as pálpebras. Aguardou resposta.

Augusta manteve o silêncio, hesitou entre regar nova planta e fumar mais um cigarro. Trêmula, optou pelo cigarro, só conseguindo acendê-lo com o auxílio de Mahe. Após a hesitação — pois jurara à irmã, no leito de morte, que jamais falaria a Lobo sobre o ocorrido — desatou, uma vez que era para tirá-lo da angústia continuada, a falar sobre o passado do sobrinho, quando ele era criança e o que certamente significava o tal "sonho recorrente".

Com a primeira metade da narrativa, Mahe ficou atônita, sem saber o que dizer. Mas, conforme a fala de Augusta prosseguia, o alívio veio e só queria reencontrar Lobo e abraçá-lo.

Tia Augusta, por sua vez, prometeu a Mahe que ela própria contaria a Lobo sobre a tragédia ocorrida na infância e pediu-lhe que não comentasse antes dela.

No dia seguinte, Mahe decidiu enfrentar o médico e o resultado do exame. Fria, como costumava ser quando tinha apresentação de gala como bailarina, perguntou:

— Então, doutor Sampaio, o que é?

O médico reexaminou as imagens do exame e permaneceu em silêncio.

— É o que eu estou pensando? — perguntou Mahe com olhar inquisitivo.

— Não sei...

— Doutor, é ou não?

— É.

Silêncio pesado.

— Doutor, quanto tempo?

— Veja bem...

— Por favor, não me enrole.

— Meses, anos talvez. É um tanto imprevisível.

— Há o que fazer?

O médico, já entrado em anos, de cabelos de neve, tirou os óculos de lentes grossas e espremeu os olhinhos castanhos antes de responder:

— Temos algumas opções de tratamento, mas o essencial agora é viver. O humor influencia nisso. Viva, como você tem feito até agora.

Mahe o olhou com ar reflexivo. Agradeceu e saiu do consultório. No corredor de acesso aos elevadores, recostou-se na parede e chorou baixinho. Refeita, ajeitando o vestido estampado, enxugando as lágrimas no lenço que sempre trazia na bolsa, saiu determinada e dizendo a si o que teria que ser feito.

Gusmão demonstrava preocupação no seu monólogo enquanto Lobo, alheio, observava fixamente a entrada do bar Riviera, na ânsia de vê-la surgir. Dois dias sem encontro e uma petulante saudade já o cutucava.

— Ela vem?

— Ah, sim, marcamos aqui.

— Tantos anos, não vai me reconhecer.

— Claro que vai, Gusmão. Você mudou pouco. Só cresceu um pouco lateralmente — gracejou Lobo.

— Sei, sei... Mas, chefe, voltando àquele assunto: aquele filho da puta do nazi está armando alguma merda, e merda das grandes. Uma merda federal! Temos que redobrar a vigilância.

— Por que você fala isso? Nas escutas, não há nada de novo. Só conversas banais. Chororô contra o Figueiredo, xingamentos contra doutor Ulysses, o Brizola, o Lula. Nada fora da caixinha.

— Não sei, Lobo. Amanhã, haverá um enorme comício da oposição pelas Diretas Já na Praça da Sé. Esse velhaco pode aprontar. Dias desses, ele saiu com uma mala e voltou, aparentemente, com ela carregada.

— E você não conseguiu ver o conteúdo?

— Até entrei no quarto, mas não localizei. Pode ter colocado no cofre. Para abrir, teria que descobrir o segredo. Isso ia demorar, tinha poucos minutos.

— Sei. Então vamos redobrar mesmo a vigilância, mas não creio que ele faça nada. É um bufão. Sempre foi. E haverá um grande esquema de segurança nesse comício. O governador Franco Montoro vai mobilizar todo o aparato da PM.

— Sim, Lobo. Mas virá muita gente. Parece que até as passagens de ônibus e metrô serão gratuitas. Fora excursões de interior e de outros estados que já estão a caminho de São Paulo.

— Então, amigo, estaremos de plantão desde o início do dia, vigiando cada passo do general. Ele nada fará, fique tranquilo. Se tentar, a gente o pega. Vamos deixar a ratoeira armada.

— Deus te ouça. Deus te ouça, meu amigo... Mas, olha, acho que é ela chegando. Ainda está bonitona, hein?!

Enquanto Lobo saboreava o elogio a Mahe e a fitava com ternura, ela caminhava com passos de contundência em direção à mesa em que os dois estavam. Ao chegar, reconheceu Gusmão, com sua permanente bonomia num corpo avariado pelo tempo. Mais gordo, mais calvo, mais curvado, mas sempre o simpático e leal amigo de Lobo. O abraçou com carinho sentido e cochichou baixinho em seu ouvido: "Cuida dele". Gusmão não entendeu direito o que aquilo significava, mas logo sentaram e a prosa rumou para lembranças do passado comum.

Depois de dois chopes e percebendo o papel involuntário de vela que estava a fazer, Gusmão pretextou "outro compromisso" e deixou o casal de amigos a sós.

Imediatamente, o rosto de alegria e simpatia de Mahe foi substituído por uma máscara fria e seca, controladora de emoções, aprendida ao longo da vida, desde pequenina, com a disciplina férrea e contínua que o balé lhe incutiu, assim como a vida no exílio, no frio impiedoso de Moscou, e a convivência com sisudos e pragmáticos burocratas soviéticos.

E assim, dura e direta, lhe disse:

— Bem, Lobo, daqui a cinco dias embarco de volta para Paris.

Lobo, de boca entreaberta, perplexo com que ouvia, a olhou no fundo da retina e nada disse.

O silêncio inesperado dele a induziu a se justificar.

— Eu tenho que retomar meu posto de diretora do Teatro de Paris. Há muita coisa a resolver, tenho os programas da ONU, voltados para crianças aprendizes de balé, que coordeno. Há pendências sobre o inventário de Nureyev. Enfim, tenho muita coisa a resolver. Você entende, né?

Lobo inspirou fundamente o ar e racionalizou a questão. Retorquiu, simulando ar blasé de homem pragmático, com tintura irônica:

— Entendo, Mahe, entendo. Você é um vulto, uma artista de renome internacional, ainda que neste país de ingratos não seja tão reconhecida como deve. E eu sabia que, mais cedo ou mais tarde, isso ocorreria. Que esse romance de rememoração terminaria. Afinal, você é uma estrela e eu, mera poeira...

— Não, não, você não é isso. É um herói. Eu sei que foi você que prendeu o Pink Angel e evitou uma tragédia. Dom Manuelito me contou. Eu o conheci no comitê cultural de apoio às Diretas-Já — retorquiu Mahe, querendo prolongar a prosa para reter Lobo por mais um momento na vida que se esvaía.

Mas Lobo queria mais era sumir dali, e foi seco e direto:

— É uma fantasia dele. Foi a polícia que prendeu Pink Angel. Tudo mundo sabe. Saiu nos jornais, até na TV...

Rumava para fora do bar e da vida de Mahe, ao contrário do que ocorrera há cerca de vinte anos antes, quando foi ela quem saiu, mas, ao chegar à calçada, arrependeu-se. Quis dar umas últimas palavras ao amor da sua vida. Voltou então ao bar, à mesa, a Mahe, e em tom de irritada emoção abriu a camisa e fez despedida de marcante contundência:

— Sabe de uma coisa, Maria Helena. Tá vendo? — apontando para o peito esquerdo que desnudou. — Aqui bate a porra de um coração e nele corre ainda sangue, ainda que plebeu, vermelho. Eu não sei o que corre no seu e com qual cor ficou, mas deixe o meu em paz. Me esqueça, tá? Me esqueça... Adeus, boa sorte, siga sua vida... Ah, e vá tomar... Deixa para lá. Adeus!

Mahe teve ímpeto de gritar "eu estou morrendo!", mas ficou em silêncio, sozinha, perplexa, trincada por dentro, remoendo o que ouvira, tentando convencer-se que aquilo tudo era melhor e necessário. Agora, sem mais a máscara de frieza férrea que ostentara até então, afogou-se na dor regada por lágrimas e álcool.

Lobo voltou para seu apartamento, com passos titubeantes de dor pelas largas calçadas da Avenida Paulista, condenando sua "própria ingenuidade amorosa". Passou em frente à mansão da família Fagundes de Gouveia e viu que estava sendo demolida para dar vez a um novo arranha-céu, outra colmeia de escritórios. Consolou-se com a ideia de que ao menos não teria mais que evitar o caminho de lembrança viva de Mahe a cutucar-lhe consciência e coração.

Bateu à porta atrás de si, abriu o Black Label, contrabandeado do Paraguai, dado por Gusmão como presente de aniversário. Após introduzir no copo cubinhos de gelo, bebeu-o à farta, enquanto ouvia, na vitrola Sharp três em um, a sua música predileta de Armando Manzanero: "Esta tarde vi chover". A mesma que ouvira, vinte anos antes, quando soube da saída de Mahe do Brasil. Viu, pela vidraça da sala, casais de namorados flanando pelo arborizado Parque Trianon. Sentiu uma emoção arrebatadora ao ouvir o trecho "não sei o quanto me queres, se me estranhas ou me ganhas, só sei que vi chover, vi gente correr e não estavas tu", que resumia os vinte anos de espera por Mahe para agora concluir ter sido só um tempo perdido, sem volta, feito lágrimas caídas ao chão. Ela voltaria para Paris, para suas inúmeras ocupações de celebridade e logo esqueceria dele, nos desmanches dos dias, meses, anos.

Olhou ao redor e percebeu-se inadequado. Sim, era um homem inadequado, fora do tempo, concluiu. Morava em apartamento acanhado de móveis envelhecidos. Gostava de boleros antigos. Andava de ônibus. Trajava, em geral, roupas de outra época. O tempo passara e ele ficara. Mahe era arejada, solar demais para se aprisionar nele. Era isso.

Acordou por volta do meio-dia de 25 de janeiro de 1984, outro momento histórico para o Brasil e para a democracia. Quem o despertou foi a voz trovejante, impaciente e angustiada de Gusmão, no *walkie-talkie*: "Lobo, Lobo, câmbio. Lobo, câmbio. Responda, responda!".

"Na escuta! Câmbio. Prossiga".

"Que alívio. Demorou, hein, chefe?! Está tudo bem?"

Até que a cabeça doía pouco, sinal de alguma qualidade do whisky vindo do Paraguai. Talvez fosse original mesmo.

"Tá tudo, Gusmão. Tá aí?"

"Positivo. O rato está no ninho.""Olho nele o tempo todo. Siga-o se sair e me mantenha a par. Estou indo para o escritório.""Positivo, operante."

Alberto Beckler ajeitou a gola sobre a batina preta, dobrou com cuidado a capa de chuva amarela e a colocou no bolso do paletó, debaixo da batina. Sorriu para o espelho e se achou convincente.

"Desta vez, nada de falhas! A canalha terá o que merece!"Ao sair, viu de relance o funcionário gordo e desleixado que lembrava alguém conhecido, mas que agora pouco importava, nada significava. A resolução estava próxima de ato e desfecho, e nunca mais o veria.

Gusmão recolheu da passarela um cartãozinho que caíra, por descuido, do bolso de Alberto. Tratava-se do cartão de visita de um engenheiro, com o endereço da empresa na qual trabalhava: Pedreira Irmãos Sroeder. Ficou intrigado, mas preocupou-se em não perder o "rato" de vista. Desceu correndo pelas escadas os quatro andares do Hotel Germânia, conseguindo ver que Alberto já alcançava a porta giratória de entrada e saída do hotel. Também saiu pela Libero Badaró. Era 14h30 e a rua já estava tomada pela multidão que se deslocava, em ininterruptas ondas, para o comício das Diretas Já, que em pouco se iniciaria na Praça da Sé, com palanque diante da porta da entrada principal da Catedral.

Não obstante a predominância maciça de pessoas vestidas com a camiseta-símbolo da campanha, cor amarela, que naquela época significava esperança e união, Gusmão fixou facilmente sua visão em Alberto, que trajava preto, e passou a segui-lo pela Rua Benjamim Constant, enquanto se comunicava pelo walkie-talkie com Lobo.

"O rato está indo para a Praça.""Ele saiu? Isso não cheira bem! Não o perca de vista." "Pode deixar, estou cada vez mais próximo dele." Mas Alberto complicou a perseguição. Vestiu a capa plástica, também de cor amarela, quando começou a garoar, ficando indistinto na multidão.

Gusmão teve dificuldade para mantê-lo sob suas vistas. Quando o perdeu de vez, alertou — desesperado — a Lobo:

"Lobo, Lobo, perdi o rato." "Como assim, Gusmão?"

"Não o vejo mais." "Pô, Gusmão, isso não!"

"Lobo, esse canalha se encontrou com alguém de uma pedreira. Achei um cartão de visitas no quarto dele." "Porra! Se concentra em achá-lo, Gusmão." Irritado com o que considerava informação desnecessária naquele momento de perda do paradeiro de Alberto, Lobo jogou o walkie-talkie de lado, até se concentrar de novo no que Gusmão disse e entender, aterrorizado, o que significava.

"Gusmão, Gusmão, câmbio. Me diga: o rato levava algo consigo?""Sim, positivo." "Mas o quê, Gusmão? O quê?"

"Levava uma pequena maleta, dessas pretas, de médico.""Gusmão, tenha extremo cuidado. Eu vou te encontrar nas escadarias da catedral. Me mantenha informado. Tô na escuta.""Ok, positivo. Ah, Lobo? Traga o Taurus."Ao ouvir "traga o Taurus", Lobo sentiu calafrios e hesitou em abrir a segunda gaveta de sua mesa para pegar o cromado revólver 38, raiado. Mas lembrou do que o general tramava e acabou por levá-lo.

Ao sair do Palazzo Pierucci, tomou um choque. A Praça da Sé estava completamente tomada por uma infinita multidão, que saturava todos os cantos e recantos do local. A maior parte trajando amarelo, mas muitos também portando camisas de partidos políticos, sindicatos e respectivas bandeiras e faixas. Jovens, gente madura, idosos. Pobres, remediados, ricos. Empresários, trabalhadores, donas de casa, aposentados, todos unidos por um desejo: Diretas Já. A frase que simbolizava o definitivo retorno do país à democracia por meio de eleição direta para presidente da república.

Lobo ficou impressionado com aquela energia cívica, o que o animou ainda mais a ir ao encalço do general Alberto. Desvencilhado com muito esforço dos inúmeros manifestantes que estavam à sua frente, finalmente aproximou-se da escadaria da catedral, cercada por seguranças e policiais por servir de acesso ao palanque, diante da Igreja, no qual políticos, representantes da sociedade civil, artistas e esportistas, apresentados pelo esfuziante radialista Osmar Santos, faziam seus discursos a favor das Diretas-Já e eram aclamados entusiasticamente pela multidão.

Olhou no entorno da escadaria e não localizou Gusmão. O acionou pelo *walkie-talkie*. Uma, duas, três vezes. Na quarta, Gusmão respondeu.

— Pode deixar, meu amigo. Localizei o rato. Vou entrar e prendê-lo. Te aciono depois.

— Mas, Gusmão, onde você está?! Gusmão? Gusmão? Responda! Responda!

Angustiado pelo perigo que o amigo corria, e sendo empurrado para lá e para cá pelo movimento caudaloso de manifestantes que chegavam à Sé, Lobo conseguiu afastar-se um pouco e se isolar na entrada de um prédio na Benjamin Constant, quase esquina com a praça. Ao raciocinar, concluiu que Gusmão deveria estar próximo, pois o sinal do rádio era bem nítido, o que não seria possível se estivesse distante ou em local fechado.

Lembrou que o parceiro disse "que ia entrar" e, ao olhar ao acaso para a cúpula esverdeada da Catedral, saiu com passos céleres rumo à Igreja.

Na sua voz típica dos tolerantes — pausada, calma e acolhedora —, Dom Paulo Evaristo Arns, ao perceber aquele padre um tanto perplexo, um tanto perdido, parado no principal corredor da Catedral da Sé mirando as torres e abóbada, aproximou-se e perguntou:

— Perdido, padre?

— Oh, Dom Paulo, sua benção — dobrou os joelhos em reverência e beijou a mão do arcebispo de São Paulo. — Na verdade, encantado.

— Ah, sim, a Casa de Deus é sublime. Como se chama? O senhor é de que diocese?

— Chamo-me Adolfo. Padre Adolfo Pacífico. Sou de Piracicaba. Digo, estou nela, na verdade.

— Ah, sim, bela cidade. Fique à vontade para orar e refletir. Hoje é um dia especial. O povo está na praça, reunido em paz, querendo decidir o próprio destino. Não é belo?

— Ah... Sim, claro, Dom Paulo. *Vox Populi, Vox Dei*.

— Justamente! Bem, irmão Adolfo, tenho que me retirar. Hoje é dia cheio de afazeres, mas fique à vontade e na paz do Senhor. Prazer em conhecê-lo.

— Ficaremos todos, muito obrigado. Dom Paulo?

— Sim?

— Gostaria de conhecer as torres e abóbada da catedral. Posso?

— Claro, irmão. É por ali, naquela escada de madeira em caracol. A vê? Suba por ela, que alcançara as torres e, de lá, verá o comício e o povo na praça também. Está emocionante.

— Ah, sim, Dom Paulo. Hoje será um dia inesquecível...

Dom Paulo se retirava e o general, travestido de padre, alcançava a escada encaracolada. Subiu os degraus enquanto, mentalmente, planejava o que e como faria quando alcançasse as torres góticas da Sé.

Estava já no fim da escada quando foi puxado pelos pés. Antes de cair, se preocupou em evitar um impacto forte na mala que portava. Com a mão livre, a esquerda, amainou a queda colocando-a no último segundo debaixo da mala, funcionando como um amortecedor.

Só então olhou para quem segurava seus pés: era o funcionário do Germânia, gordo e corpulento, que o general achava que já tinha visto em algum lugar.

Gusmão conseguiu entrar na Catedral e ficou à espreita durante a conversa de Alberto e Dom Paulo. Ao ver o "padre-general" subir a escada, seguiu para interceptá-lo, mas, ao alcançar o terceiro degrau, passou a ficar ofegante, com visão turva e tombou tentando agarrar as pernas de Alberto Beckler. Ao cair e salvar sua carga, o general chutou a cabeça de Gusmão, que escorregou para o piso inicial da escadaria, já inerte.

Livre e reposto, Beckler ganhou rapidamente o piso superior da Catedral, com acesso às duas torres, tendo a cúpula de abobada ao fundo. Abriu cuidadosamente a mala, dividiu a carga em duas e as instalou salomonicamente em cada torre. Antes de ligar os fios das cargas ao detonador, contemplou a praça tomada pelos manifestantes das Diretas Já. Um prazer sádico, de autossatisfação, tomou conta dele. Finalmente, vingaria o irmão mais velho morto na Intentona Integralista; o Doutor Alemão; o querido e leal Franz. E inscreveria seu nome, eternamente, na história do país, pois deixara sua confissão da autoria no cofre do Germânia.

Um dia, o Brasil seria nacional-socialista e ele seria visto como o herói que se sacrificou pelo futuro Reich Tropical, iniciado por meio do caos. Seus olhos esverdeados, pequeninos, brilharam intensamente em meio à penumbra das torres. De orgulho pelo que faria. De ódio ao que acontecia na praça.

Ligou os fios ao detonador e agora era só o acionar por meio de um mero apertar simultâneo de dois botões. Um pequeno gesto de um homem. Uma tragédia sem precedentes para o Brasil.

Antes do aperto, refez os cálculos. O total de 6 quilos de dinamite era suficiente para a explosão das torres. Com isso, a cúpula da catedral não teria mais sustentação e viria abaixo. Em consequência, haveria uma chuva de pedra, ferro e pó sobre o palanque e os manifestantes. Os que não fossem diretamente atingidos, seriam esmagados e pisoteados uns pelos outros nas tentativas de fuga. Refletiu por instantes que inocentes morreriam. Gente do bem, como os policiais. "Mas o que fazer? Toda guerra tem seus efeitos colaterais. E eu não sou coveiro."Quando findava suas macabras elocubrações, ouviu a voz de alguém já no mesmo piso das torres em que ele estava.

— Não faça isso, general.

Olhou para o intruso. Fitou-o por três vezes e o identificou.

— Delegado Lobo, quanto tempo! Veio aqui me prender? — zombou.

Lobo hesitou em confrontá-lo abertamente. Optou por uma abordagem de cautela e diálogo.

— Não, general. Vim aqui salvá-lo.

Alberto gargalhou.

— Sim, salvá-lo. Manter sua respeitabilidade. O senhor é um militar condecorado. Uma referência para muitos colegas de armas. Se o senhor fizer isso, sua memória será odiada por milhões.

— Aquelas medalhinhas não valem nada. Quero a eternidade da História. A glória maior e marcante que o caos proporciona. O senhor não entende? No Brasil, é preciso destruir muita coisa para se passar a construir!

— Há outras formas. Não precisa ser essa, general.

— Você é o mesmo ingênuo de vinte anos atrás. Não é por mim. É por nossa causa, nossa liberdade de construir um novo mundo. É também pelo Doutor Alemão, que o senhor quase prendeu, mas eu o salvei de suas garras. É pelo Franz, que Campos Flores prendeu — ao ouvir isso, Lobo desviou o olhar. — É por tantos que acreditam num país puro, de gente do bem, livre da escória que está urrando aí fora, ouvindo esses demagogos, populistas, comunistas, pederastas. E eu vou começar, sim, pelo caos a construção do nosso futuro Reich Tropical. Temos terra, água e sol abundantes. Só falta um povo de raça superior. Vou começar isso, colapsando o sistema.

— Joseph Mengele está vivo ainda?

Alberto fez rosto de amargura.

— Não, ele morreu. Eu falhei na sua proteção. Morreu prosaicamente. Afogado, numa praia isolada. Tinha grandes planos para depuração racial do Brasil. Conversamos muito a respeito, mas isso dependia de um novo regime. Em 64, me iludi que caminharíamos para isso, mas a grande maioria de meus colegas de armas só queria poder e regalias. E outros, na verdade, são comunas melancias, como esses traidores do Geisel e Golbery.

Lobo ouvia a prosa racista, eugenista e paranoica do general enquanto observava o nariz achatado dele.

— Por que o senhor escondia o "Silva" de seu sobrenome?

Alberto, como pego em flagrante, vociferou:

— Porque era a parte podre, corrompida, do meu DNA. Mas eu lidei bem com isso. A recusei, a cuspi. Só segui a herança ariana, superior, de meu pai!— Mas isso é o que melhor temos, general. Nossa mistura, nossa diversidade, nossa criatividade. Está na nossa música, no futebol, no jeitinho de viver e resolver as dificuldades. O senhor deve se orgulhar disso, pois é prova viva. Chegou ao generalato!

Alberto riu desdenhoso. Desabotoou a túnica de padre e deixou à mostra o paletó preto, com as insígnias de caveira da SS Nazista na lapela e a suástica em preto, branco e vermelho amarrada ao braço, dada a ele por Joseph Mengele. Em tom de triunfo fanático, afirmou:

— A mistura é degeneração, resulta em falta de firmeza, de energia. Sabota o triunfo da vontade. Mas, agora, nada mais adianta ficarmos aqui tagarelando. Acabou, porra!

Lobo, suando frio, aproximou-se do general lhe apontando o revólver 38.

— Fique aí. Fique aí — disse Alberto. — Ah, o senhor portando uma arma... Bem sei que não vai atirar. É brasileiro típico. Covarde, sem iniciativa, sem ação, apesar de já ter matado.

— Nunca matei ninguém!

— Mesmo? Talvez não se lembre. Mas eu lembro. Ouvi de viva voz de seu próprio pai. Já não me lembro o nome dele, mas o que contou, sim. Matou. No parquinho...

Ao ouvir "no parquinho", Lobo — chocado — começou a relembrar a cena a partir do ponto em que seu sonho recorrente terminava. O padrasto, ao seu lado, gritando histérico: "Veja o que você fez!". Simultaneamente, Lobo olhava para o chão e via uma criança igualzinha a ele com cabeça ensanguentada enfiada numa pedra e olhos envidraçados em sua direção. Ao fundo, uma cadeirinha balançava vazia ao vento.

Lobo começou a tremer de pavor.

— Matou, delegado Lobo. Está lembrando agora? Matou seu irmãozinho gêmeo, não me lembro do nome também. E depois, na Bahia, teve a chance de me matar e não disparou. Não fosse o seu amigo fortão, que, aliás, acho que é o mesmo que está lá embaixo estatelado, era eu que te mataria. Mas agora o farei. Irei junto, fique tranquilo. Vamos conviver eternamente no inferno — gargalhou.

Lobo afastou-se um pouco. Do alpendre, viu embaixo o amigo, o sócio, o irmão que a vida lhe deu, companheiro de tantas jornadas, Gusmão — deitado, imóvel, sobre o frio piso marmóreo.

A bala foi direta e instantânea, varando feito um cometa a testa do general. Caiu com corpo rijo, com o riso debochado dos fanáticos, segurando firme o detonador.

Lobo — petrificado, em choque, sem acreditar que apertara o gatilho —, sentiu uma mão em seu ombro:

— Também atirei nesse verme. E, veja, minha arma é igual à sua! Logo, pode ter sido eu ou você.

Sptein sorria e amparava o trêmulo Lobo. Enquanto sua equipe desativava o detonador das bombas, lhe disse:

— Sabe de uma coisa, amigo? Essa história é tão absurda, de um general fanaticamente nazista em pleno anos oitenta, que teria poucos ouvidos se contada. Parece livro policial vagabundo. Siga sua vida sem preocupações. Isso aqui foi por razão de estado. Imagine como estaria lá fora se esse demente conseguisse seu intento? Quantas mortes, quanto sangue, quanta dor? Ah, e fique tranquilo, o Gusmão está vivo e em atendimento.

Lobo, aliviado pela informação de Sptein sobre Gusmão, perguntou curioso:

— Era esse desfecho que o SNI queria?

Sptein riu e já saindo respondeu:

— Talvez... E quem disse que eu trabalho só para o SNI?

Ainda abalado, com pernas de cambaleio, saiu do celestial silêncio interior da catedral para o barulho terreno, festivo, civicamente colorido e plástico da manifestação pelas Diretas Já.

Ao pisar na praça da Sé, olhou para o palanque da manifestação. Lá estava o "estado-maior" da oposição ao regime militar. O líder-maior e senhor Diretas Já: doutor Ulysses Guimarães; governadores: Montoro, Brizola, Beto Richa, Arraes; líderes sindicais: Lula, Meneguelli, Joaquinzão; artistas: Rita Lee, Fafá de Belém, Esther Góes; esportistas: Sócrates, Wladimir, Casagrande. Todos animados e conduzidos pelo esfuziante locutor futebolístico Osmar Santos a perguntar: "Diretas quando?", e a massa na praça, em êxtase, respondendo uníssona em alto brado: "Diretas Já!".

Lobo, ao reter do discurso que doutor Ulysses fazia no palanque o trecho sobre o assassinato de um ex-deputado, opositor do regime, que "a sociedade foi Rubens Paiva, e não os facínoras que o mataram", entendeu que a longa noite trevosa da ditadura, com seus pequenos anões despóticos, pela qual ele — como também Gusmão, Epaminondas, Varela e tantos outros —fora perseguido arbitrariamente, tendo perdido seu emprego de delegado, a encantadora noiva, exilada por tantos anos; essa moradia sombria prenhe de angústias, que lhe mudou irremediavelmente o destino, daria lugar a uma casa ensolarada, de janelas abertas, clara e arejada, construída por cada brasileiro, com seus erros, seus acertos, mas pela liberdade de definir o próprio destino.

E, ao ouvir Fafá de Belém cantar o Hino Nacional, fixou-se obsessivamente no trecho "Verás que o filho teu não foge à luta" e sentiu uma convocação cívica, justo ele que sempre fora alheio à política. Extasiado, passou a gritar também "Diretas Já!" e abraçar quem lhe estivesse por perto.

Tia Augusta deu um tragada no Minister e uma baforada para o teto antes de concluir:

— É isso, meu querido! Você não teve culpa alguma. Seu irmãozinho Edson morreu sozinho, de uma queda da balança e perfuração do crânio por uma pedra pontiaguda. O canalha de seu padrasto que inventou que você "o tinha empurrado". Ele foi tão crápula que usou a própria influência para abafar o caso, impedindo uma perícia do IML, sob pretexto de abreviar a dor da sua mãe.

— Mas por que ele fez isso?

— Na verdade, ele estava com a amante. A Wilma, aquela pernambucana arretada, secretária da vara na qual ele era juiz. Talvez quisesse despistar ou expiar o sentimento de culpa, sei lá o que pensam os covardes. Depois da morte dele, Wilma me procurou e disse toda a verdade, pois presenciou a tragédia e queria morrer com a consciência em paz.

— E por que a senhora nunca me contou?

— Depois da tragédia, e como você era pequenino, sua mãe proibiu a todos que lhe contassem. No leito de morte, ela reforçou o pedido. Sempre nos disse que você jamais deveria saber, para não se sentir culpado, entende? Era o desejo dela e eu, irmã, tinha que respeitar. É muito difícil ir contra os mortos. Ela não conhecia toda a verdade, assim como eu. E eu também não sabia, querido, sobre seus pesadelos. Só soube agora pela Maria Helena. Aliás, como ela está?

Lobo silenciou, pigarreou e em seguida continuou o questionário.

— E como ele era?

— Ah, o Edson? Edson era uma criança alegre, feliz, muito agitada. Você era o mais retraído, mas sempre o acompanhava nas travessuras que ele inventava.

Em seguida, tia Augusta abriu a bolsa e retirou um retrato, amarelado pelo tempo. Passou-o, comovida, a Lobo. Nele, estavam os pequeninos irmãos gêmeos num domingo ensolarado, vestidos de marinheiros, sorrindo para a Câmera Rolleiflex dela.

Lobo abraçou a tia, emocionado, pegou o retrato e o colocou em destaque na estante de livros.

— Ô meu chapa, Betão Canelada vai para o Flamengo. Agora tem uma vaga no timão para zagueiro. Trate de se recuperar rapidamente!

— É isso mesmo, bonitão! Se recupera logo. Meu Timão precisa de um zagueiro viril feito você. O homem que um dia parou Rei Pelé — emendou Epaminondas segurando um buque de rosas amarelas e ostentando uma vistosa nova peruca caju, contrastante com o indefectível conjunto bege Simba-safari.

Ao ouvir as vozes, interrompeu a leitura da reportagem do Estadão sobre a "morte por ataque cardíaco do general Alberto Beckler enquanto dormia em sua residência". Virou o rosto e fez cara de satisfação. Era a primeira visita que os velhos amigos Lobo e Epaminondas faziam a Gusmão, internado na Santa Casa.

— Meus caros amigos, se depender da dieta, vou estar em forma rapidamente. Tudo aqui é sem sal e sem açúcar. Já perdi uns dez quilos. Coisa horrível, meu!

— Não reclame, Gusmão. Você está bem instalado e bem cuidado. Quero você em forma logo. Temos novos casos a investigar. Há muitos papagaios desaparecidos na cidade.

Todos riram.

— Só sairá daqui quando estiver plenamente recuperado. Isso eu posso lhe garantir — disse a enfermeira-freira.

Lobo reconheceu aquela voz. Valquíria Bentes, a ex-namorada de Gusmão, de vinte anos atrás. Proibida pelos pais de se casar com ele, quando da expulsão da PF, ela entrou para o convento, se fez freira e se formou em enfermagem. Além da profissão, militava nas Comunidades Eclesiais de Base da Igreja Católica ajudando na organização política e nas demandas do povo da periferia.

— Valquíria? Quanto tempo! Quer dizer que é você que cuida desse marmanjo?

— Ah, sim. Esse mocinho levado vai entrar na linha com meus cuidados.

— Lobo, veja, eu a perdi no passado. Mas também pudera, quem sou eu para competir com Deus? — atravessou Gusmão a conversa de Lobo e Valquíria.

Todos novamente riram. Valquíria se aproximou da cama, checou o soro, a pulsação do convalescente, lhe fez um carinho nos cabelos e arrematou:

— Mas Deus quis que nos reencontrássemos, não é?

Gusmão a fitou enlevado.

Colocou a mala de Maria Helena no bagageiro do Monza branco e ela entrou no banco de trás. Partiram rumo ao Aeroporto de Congonhas. Ela faria ponte-aérea até o Rio de Janeiro, de onde, no Aeroporto Internacional do Galeão, embarcaria para Paris.

O taxista gaúcho, com ânsia por prosa, tentou puxar assunto sobre o tempo, mas Mahe estava tão concentrada em si que não o escutou. Revia interiormente a breve estadia que teve no Brasil. A venda da mansão da família, o reencontro com vários amigos, a participação na campanha das Diretas Já, o doloroso reencontro com a mãe no asilo, a retomada intensa do amor por Lobo, interrompida pela insidiosa doença. Voltaria para a França e lá se trataria, longe do Brasil, longe do passado, longe do amor.

Sem obter resposta às suas afirmações peremptórias sobre clima e os elogios ao patrício Brizola, então governador do estado do Rio de Janeiro, o taxista ligou o rádio. Dele saiu "É preciso saber viver", na voz de Erasmo Carlos.

Maria Helena passou de reflexiva a emocional, após ouvir o trecho "toda pedra no caminho, você pode retirar, uma flor que tem espinhos, você pode afastar". Lembrou do conselho do doutor Sampaio: "Viver, simplesmente viver".

Em seguida, cutucou o motorista e lhe fez um sinal.

A Casa de Portugal, no bairro japonês da Liberdade, na fusão de povos que faz a beleza e energia de São Paulo, estava repleta no show promovido pelo Comitê de Artistas e Esportistas de apoio às Diretas Já para angariar fundos para campanha e seus eventos futuros, três dias depois do histórico comício realizado na praça da Sé.

Lobo, convidado por Dom Manuelito, coordenava a segurança do show, monitorando situações e orientando a equipe encarregada.

Rita Lee, após cantar "Vote em mim", acompanhada pelos carismáticos craques corintianos Casagrande, Sócrates, Wladimir, Betão Canelada e Arlindinho Valente, galvanizou e eletrizou a assistência, fazendo Lobo redobrar a atenção para evitar qualquer distúrbio de alguém mais empolgado, sobretudo depois que Casagrande simulou que pularia sobre a plateia. Relaxou após consultar o roteiro do show e ler a próxima música.

A musa roqueira da Pauliceia Desvairada saiu abraçada aos jogadores e as luzes do palco foram apagadas. Logo, surgiu o também ovacionado cantor Gonzaguinha.

Gritou "Diretas Já", recebendo entusiástica aclamação. Em seguida, começou a cantar "Começaria tudo outra vez, se preciso fosse, meu amor, a chama no meu peito ainda arde, nada foi em vão", provocando em Lobo a enorme saudade que já sentia por Maria Helena e a concordância que, apesar do chilique performático por ele dado no Riviera, com ela sempre "começaria tudo outra vez". Encostou-se numa coluna e ficou ali, ouvindo e sentindo a bela canção, quando sua mão foi envolvida por outra. Pequenina, macia, quente. A mesma que tantas vezes o acolhera, o acalmara, o fizera feliz. Olhou para o lado.

Maria Helena sorriu.

TRILHA SONORA

"Molambo", Jayme Florence
"Lohengrin", Richard Wagner
"Only you", Buck Ram — "The Platers"
"Estúpido Cúpido", Celly Campello
" Fotografia", Tom Jobim
"Corcovado", Tom Jobim
"Voy apagar la Luz", Armando Manzanero
"Days of wine and roses", Johhn Mercer/Henry Mancini
"Esta tarde vi lhover", Armando Manzanero
"El dia que quieras", Alfredo La Pera/Carlos Gardel
"Matriz ou filial", Lúcio Cardim
"Sentado à beira do caminho", Erasmo Carlos/Roberto Carlos
"Travessia", Milton Nascimento
"Lili Marlene", Norbet Shultze
"Macho Man", Jacques Morali, Henri Belolo, Victor Willis, Peter Whitehead - Village People
"I will survive", Freddie Perrin/Dino Fekaris - Gloria Gaynor
"We are the champions", Freddie Mercury — The Queen
"Night fever", Bee Gees
"I Love the nightlife", Alicia Bridges/Susan Hutcheson
"Seu tipo", Eduardo Duzek — Ney Matogrosso
"Bastidores", Chico Buarque
"Me deixas louca", Armando Manzanero
" É preciso saber viver", Erasmo Carlos/Roberto Carlos
"Vote em mim", Rita Lee/Roberto de Carvalho/Ezequiel Neves
"Começaria tudo outra vez", Gonzaguinha

pólen bold 90 gr/m2
tipologia chaparral pro
impresso na primavera de 2024